Allmählich beginnendes Schweigen

Meinen Ärzten

Dr. Gerd Seuss, Oberammergau
Dr. Ullrich Glaser, Peiting
ZA Johannes Krebs, Herxheim

Benno Weiß

Allmählich beginnendes Schweigen

Bibliografische Information der Deutschen Bibliothek:
Die Deutsche Bibliothek verzeichnet diese Publikation in der Deutschen
Nationalbibliografie;
detaillierte Daten sind im Internet über
<http://dnb.ddb.de> abrufbar.

Herstellung und Verlag: Books on Demand GmbH, Norderstedt
ISBN 3-8334-2981-X

Inhalt

Erste Bilderreihe

Dresden

> Was draußen geschieht,
> wird von innen her gelenkt und beurteilt;
> das Innere wird von draußen her
> gerufen, geweckt und gespeist.
>
> Wenn wir uns fragen,
> welcher Mensch in dieser Hinsicht
> als wohlgeschaffen anzusehen sei,
> dann lautet die Antwort:
> Der, in dessen Leben diese beiden Pole
> im richtigen Verhältnis
> zur Auswirkung kommen;
> der sich weder draußen verliert
> noch drinnen verspinnt;
> in dessen Leben vielmehr
> die beiden Bereiche im Gleichgewicht
> einander wechselseitig
> bestimmen und vollenden.

Romano Guardini

Die A7 nach Norden ist frei. Die Tachonadel liegt bei 290. Kellenhusen ist ganz bei sich, hoher Unterdruck. In der Sitzschale neben ihm schläft seine Frau. Der 911 ist in voller Fahrt.

Hinter Biebelried wird der Verkehr dichter. Die Geschwindigkeit sinkt um gut 100. Der Unterdruck lässt nach, die Gedanken kehren zurück. Das hängt hier alles komisch zusammen, denkt Kellenhusen. Er gilt als ausgesprochen geistiger Typ, wegen seiner Sprache. Nichtphilologen sprechen von Rhetorik, zwischen Bewunderung und Neid Unentschiedene sagen Eloquenz, Freunde empfinden Power. Kellenhusen ist sich all dessen kaum bewusst, er weiß aber: Folgt er den inneren Bildern, ist die Wirkung draußen: „Ich habe extra auf die Uhr geschaut. Zwanzig Minuten, hätte ich schwören können – du hast aber nur knapp vier Minuten geredet." Er spürt: Seine Sprache zieht ihn mit Macht, Richtung unbestimmt. Eine Kraft wirkt auf ihn ein, die ihn geheimnisvoll treibt. Auf Höhe Riedener Wald eine Vermutung: vielleicht deswegen der entschlossene Autobahnflug mit dem Porsche.

Stunden später geht der Porsche an seinen Besitzer zurück. Wie es denn so gewesen sei, will dieser wissen. Wenn man sich auf das Auto eingestellt habe, meint Kellenhusen, fehlten einem bald gut 50 oder mehr PS. Aber 260 PS seien doch ganz ordentlich, wirft der Besitzer ein. Für den Stadtverkehr möge es reichen, brummt Kellenhusen. Der Besitzer schließt das Garagentor hinter seinem Porsche.

Am nächsten Tag sitzt Kellenhusen im ICE nach Hamburg. Ein alter Freund, Produktmanager bei einer Reederei, hat ihn eingeladen. Was sich nett ausnimmt, ist listig gestaffelt. Der Freund hat Kellenhusen die 140 in der Linkskurve bei der Probefahrt mit dem neuen BMW nie verziehen. Jetzt kontert er: „Wenn du mir auf unserer neuen 'Chopin' anlässlich der Jungfernfahrt nach Dresden einen Vortrag über Hermann Hesse hältst, bist du unser Gast." Der Freund weiß genau: Kellenhusen mag Flußschiffahrten, Hesse hingegen mag er nicht besonders. Kellenhusen hat sich auf einen seiner Grundsätze besonnen: Willst du gut rauskommen, such dir was Unangenehmes.

Nun donnert er mit dem ICE durch Kraut und Rüben bei Hannover. Der Schaffner kontrolliert die Fahrkarten und die Bahn-Cards. Er ist ein höflicher Mensch: „Bitte schön, Herr Rot, bitte schön, Herr Rosenrot." Für einen Moment muss Kellenhusen glotzen: Ihm gegenüber sitzen Herr Rot und Herr Rosenrot. Rosenrot liest nach der Kontrolle in einem Buch über die Assyrer. Er scheint, nach seinem Gepäck zu urteilen, Musiker zu sein. Nach zehn Minuten Assyrerstudium ist er müde und beginnt zu schlafen. Rosige Haut, volles Gesicht, lichte Stirn, Goldrandbrille. Ein Kind. Rot ist blass, wirkt sehr abgespannt, graue Vollhaarfrisur. Seine Augen aber sind lebhaft, fast stechend. Könnte Lehrer sein. Bloß nicht ansprechen. Kellenhusen ist selbst Lehrer.

Man trifft sich in Boizenburg. Der Freund ist der alte geblieben. Rund, ferkelblond, wie er selbst sagt, ein Gesicht, das lachen will. Wenn es nicht lachen darf, ist der ganze

Körper in gefährlichem Aufruhr. Seine Sprache: Kaum ein Wort ist bedenkenlos gesetzt, vielmehr strebt es auf jede noch so kleine Pointierung zu. Immer unterhaltsam, nie aufdringlich. Ein Glas Radeberger lässt die Zeitgrenzen verschwinden.

Die 'Chopin' löst sich langsam vom Ufer. Merkwürdig: Willst du zur Quelle, musst du dich gegen den Strom bewegen. Warum will man zur Quelle? Lachse wollen dort laichen und sterben. Kellenhusen sieht sich nur zufällig Richtung Elbquelle unterwegs. Ihm geht's um den Vortrag, den er auch halten würde, wenn es von Dresden nach Hamburg ginge. Es hilft aber nichts: Die langsame Bewegung des Schiffes in den Strom gegen seine Fließrichtung hinein hat in Kellenhusen das Quellenbild aufsteigen lassen. Nun ist es da. Es bleibt.

Am Abend hält Kellenhusen seinen Vortrag über Hesse. Nach dem Vortrag tritt eine gediegene ältere Apothekerin auf ihn zu und gibt sich milde verwirrt: „Ich habe gar nicht so recht mitbekommen, was Sie uns eigentlich vorgetragen haben, ich war so hingegeben an Ihre Sprache. Kann das denn sein?" Kellenhusen entlastet sie von der Irritation, ja, das könne sehr wohl sein. Sie brauche sich aber nicht zu sorgen, etwas nicht mitbekommen zu haben. Sie habe es nur anders mitbekommen. Form sei auch Inhalt und vertiefe Gedanken auf einer höheren Ebene. Die Apothekerin empfindet diese Eröffnung als Adelung ihres gereiften Wesens. Gedankenvoll begibt sie sich zu Bett.

Am nächsten Morgen stellt sich Kellenhusen ein gepflegter Mittvierziger mit Namen und Beruf vor. Er müsse Kellenhusen etwas beichten. Er habe, Ingenieur und Sammler, der er nun mal sei, sich erlaubt, den Hesse-Vortrag mittels eines Aufnahmegeräts mitzuschneiden. Er hoffe... Kellenhusen macht es dem Manne leicht, und schon ist dieser tief drin in seiner Angelegenheit. Er verstehe das nicht so recht. Zweimal habe er sich den Vortrag angehört, einmal live soz., einmal in Wiedergabe. Beide Versionen hätten unterschiedlich gewirkt. Ob er, Kellenhusen, eine Erklärung dafür habe. Zunächst, so Kellenhusen, höchstens eine eher allgemeine, die aber sicher enttäuschend sei, weil sich das jeder denken könne: Unmittelbarkeit von Person und Sache, Publikumsatmosphäre während des abendlichen Vortrags, demgegenüber allein schon die fehlende Räumlichkeit in der Stimme auf der Konserve, damit kein atmosphärisches Echo, und überhaupt höre man das Gesprochene ja nicht zum ersten Mal. Ja, ja, das habe er sich alles auch schon gedacht, aber das sei es nicht. Er spiele am besten einfach einmal eine Passage aus dem Vortrag vor. Sie hören: „Oder ist Hesse gar nicht weise, dieser Deutsche, der so tief in die geistige Welt des Ostens eingedrungen ist? Ist er in diese Welt eingedrungen und hat sie auch durchdrungen, oder ist er eingedrungen und hat sich nur verzaubern lassen?" Gestern abend sei er von dieser Frage selbst ganz verzaubert gewesen, dieser schöne Zauber aber sei verflogen und er fühle sich jetzt so seltsam hilflos, wenn er diese Frage, er meine die mit der Verzauberung, höre.

Übrigens, dieser Vergleich zwischen Hesses 'Demian' und Max Frischs 'Stiller' sei ja ein Ding, da wäre er ja nie drauf gekommen. Kellenhusen zieht's ein wenig zusammen, das sei weniger ein Vergleich als ein Changieren gewesen. Ja, wenn man's so sehe, richtig. Er erlaube sich..., und er lässt, offensichtlich akkurat vorbereitet, das Band vorlaufen und stoppt es sicher am ausersehenen Punkt. Sie hören: „Wer mit dringend anzuratendem Bedacht Frischs 'Stiller' ein zweites Mal liest, der wird mit Erstaunen gewahr, wie die Bewegungen des epischen Personals in diesem Roman einer aus großen Tiefen wirkenden Choreographie unterworfen sind. Diese Personen handeln nicht nur ihrer Individualität entsprechend verschieden, sind also sozusagen sie selbst, sondern führen alle zusammen wie ein planetarisches System eine gemeinsame Bewegung um einen Massemittelpunkt mit größter Anziehungskraft aus. Anders gesprochen: Stiller und seine Komparsen sind Variationen einer geistigen Kernexistenz, um die herum sie kreisen und die allein die reine Substanz des Ich bzw. des Selbst beinhaltet. Die Frage:'Wer bin ich?' müsste in wissenschaftlicher Prätention bei Frisch eigentlich lauten: 'Wie nahe bin ich in meiner jeweiligen Disposition meiner geistigen Kernexistenz?' Aus dem Grad der Nähe zu dieser Kernexistenz ergibt sich dann die Ich-Haltigkeit der kreisenden, vorläufigen Dispositionen.

Und nun, sehr merkwürdig: In Hesses 'Demian' etwa geht es um die Selbstfindung eines jungen Menschen namens Emil Sinclair. Die Figuren um diesen Emil Sinclair herum sind so angelegt, dass sie als Personifikation der verschiedenen Aspekte der sich entwickelnden Persönlichkeit Emil Sinclairs aufzufassen sind. Sinclair muss sich in diesen Personen der Aspektvielfalt der eigenen Persönlichkeit bewusst werden, um seine personale Ganzheit zu erlangen. Bitte, da haben wir es: Der Grundgedanke, dass das Individuum als Disposition eines fernen geistigen Gesamtwesens zu begreifen ist, dem zuzustreben ist, ist Hesse und Frisch gemeinsam. Warum aber fasziniert mich dieser Gedanke bei Frisch, während er mir bei Hesse Ausdruck einer gewissen Überspanntheit zu sein scheint?"

Das zum Schluss, das finde er ganz interessant, meint der Ingenieur. Er sei übrigens kein besonders guter Hesse-Kenner, fügt er ein, aber diese unterschiedliche Reaktion und dann Faszination und Überspanntheit, dass das überhaupt zusammenhänge – komisch sei das. Er sei darauf nicht mehr ganz mitgekommen, habe sich das Folgende aber ein weiteres Mal genau angehört und müsse Kellenhusen doch noch was fragen. Sie hören: „Hesse merkt man, so empfinde ich es zumindest, die Angst vor den Konsequenzen dieses bestrickenden Ansatzes mit der Kernexistenz an. Er lässt Emil Sinclair demgemäß eintauchen in seine endlich gefundene personale Ganzheit – man hört Nietzsche, den Schöpfer eines genial überspannten Menschenbildes von weither kauzig zustimmend raunen. Max Frisch hingegen spitzt diesen Ansatz tragisch zu. In einer schaurig überwältigenden Ich-Dämmerung gestattet er seiner Hauptfigur das erschütternde Herantreten an den Altar seines eigentlichen Ich. Berühren kann er diesen Altar jedoch nicht, aber der ihm liebste Mensch wird auf diesem Altar geopfert, und zwar in einer Zeremonie, die der Wucht einer antiken Tragödie in nichts nachsteht. Hesse würde es jetzt nach der erlösenden Apotheose des sein Selbst suchenden Individuums verlangen. Frisch hingegen bleibt auf dem Boden dieser Welt und entlässt seinen Stiller und den Leser in die Ungewissheit – allerdings mit dem leicht übersehbaren, da extrem spät gegebenen Hinweis (dem letzten Wort eines über 400 Seiten langen Romans), dass Stiller in radikaler Einsamkeit, Ein-sam-keit, d.h. in der Auflösung sämtlicher Verbindungen zu seiner Umgebung den Status der bloßen Variation einer geistigen Kernexistenz überwindet. Ein-sam-keit als letztendliche Überwindung aller existentiellen Beeinträchtigungen? Der Eremit wird sofort zustimmen, und Jesus in der Wüste sieht man lächeln. Aber wer ist schon Eremit? Von Jesus ganz zu schweigen."

Ihm werde etwas schwindelig bei solchen Gedanken, bekennt der Ingenieur. Als er den Vortrag gehört habe, sei ihm das ausgesprochen plausibel erschienen, heute erschrecke es ihn, dass es ihm plausibel erschienen sei. Aber er könne nicht sagen, dass die Gedanken zur Einsamkeit falsch seien. Es sei in ihm irgendetwas aufgebrochen, er wisse aber überhaupt nicht, was. Er schließt mit einem fragenden Blick.

Das Wort 'aufgebrochen' springt auf Kellenhusen über wie die Krankheitsenergien des Patienten auf den Arzt. Er fordert den Sammler auf, eine bestimmte Textstelle zu suchen. Sie hören: „Vielleicht sind wir einigen Hessespecifica ja schon auf die Spur gekommen, aber ohne eine zumindest kurze Sprachbetrachtung bleiben wir unserem Gegenstand zu fern. Ich bin kein Hesse-Kenner und habe mit Sicherheit weniger Hesse gelesen als so mancher auch von denen, die hier anwesend sind. Dennoch glaube ich genug Hesse gelesen zu haben, um über seine Sprache Gültiges sagen zu können. Wie schon angeführt, hatte die Jugend vor allem der sechziger Jahre in ihrem Drang nach bewusstseinserweiternden Stimulanzien auch eine bedenklich lockere Nähe zu Drogen gefunden. Der scheinbar bewusstseinserweiternde Rausch nach Einnahme von Marihuana oder LSD galt als legitime Flucht aus der Enge der kapitalistisch durchwirkten Gesellschaftsordnung. Bücher, die den Drogenkonsum verherrlichten, hatten Hochkonjunktur. Welche Wirkung nun Bücher hatten, die den Rausch nicht verherrlichten, sondern deren Sprache selbst rauschähnliche Zustände hervorrufen konnte, lässt sich leicht ermessen. Und Hesses Sprache ist nun allemal in der Lage, Zustände beim Leser hervorzurufen, die zumindest dem Rausch verwandt sind, vielleicht so etwas wie Trance. Die Trance ist verbunden mit einer sich selbst steigernden Monotonie der Bewegung, des Gesangs oder auch des Sprechens. Einfache sprachliche Reihungen mit einer deutlichen Beschränkung auf ständig wiederkehrende Sprachelemente leisten hier Bedeutsames. Ich gebe Ihnen ein Beispiel aus Siddhartha:

„Ein Reiher flog überm Bambuswald – und Siddhartha nahm den Reiher in seine Seele auf, flog über Wald und Gebirg, war Reiher, fraß Fische, hungerte Reiherhunger, sprach Reihergekrächz, starb Reihertod. Ein toter Schakal lag am Sandufer, und Siddharthas Seele schlüpfte in den Leichnam hinein, war toter Schakal, lag am Strande, blähte sich, stank, verweste, ward von Hyänen zerstückt, ward von Geiern enthäutet, ward Gerippe, ward Staub, wehte ins Gefild. Und Siddharthas Seele kehrte zurück, war gestorben, war verwest, war zerstäubt, hatte den trüben Rausch des Kreislaufs entdeckt, harrte in neuem Durst wie ein Jäger auf die Lücke, wo dem Kreislauf zu entrinnen wäre, wo das Ende der Ursachen, wo leidlose Ewigkeit begänne. Er tötete seine Sinne, er tötete seine

Erinnerung, er schlüpfte aus seinem Ich in tausend fremde Gestaltungen, war Tier, war Aas, war Stein, war Holz, war Wasser, und fand sich jedesmal erwachend wieder, Sonne schien oder Mond, war wieder Ich, schwang im Kreislauf, fühlte Durst, überwand den Durst, fühlte neuen Durst."

Kellenhusen zum Ingenieur: Der biblische Ton, der zumindest auf meditative Zustände abziele, sei unüberhörbar. Er sei es aber auch, der das Ekelhafte ästhetisch aufwerte und mit Sinn erfülle. Der Ingenieur ist verblüfft. Er solle mal noch eine andere Stelle suchen. Sie hören: „Wie gerade das anscheinend unverbindlich gesprochene Wort das Potential zur Verführung bereithält, lässt Hesse seinen Protagonisten im 'Steppenwolf' aussprechen: „Denn sie unterhielt sich mit mir über Herrmann und über seine Kindheit, über meine und ihre, über jene Jahre vor der Geschlechtsreife, in denen das jugendliche Liebesvermögen nicht nur beide Geschlechter, sondern alles und jedes umfaßt, Sinnliches und Geistiges, und alles mit dem Liebeszauber und der märchenhaften Verwandlungsfähigkeit begabt, die nur Auserwählten und Dichtern auch noch in späteren Lebensaltern zuzeiten wiederkehrt. Sie spielte durchaus den Jüngling, rauchte Zigaretten und plauderte leicht und geistvoll, oft ein wenig spottlustig, aber alles war von Eros durchschienen, alles verwandelte sich auf dem Wege zu meinen Sinnen in holde Verführung."

Ihm, Kellenhusen, sei während des Gesprächs plötzlich folgender Gedanke gekommen, den er als Frage an ihn, den Ingenieur, richten wolle: Ob er es für möglich halte, dass alles ihn Irritierende von der Sprache des Vortrags ausgegangen sei. Wie das, kommt es mit einem ganz leicht bockigen Unterton aus dem Ingenieur heraus. Kellenhusen zieht unbeirrt seine Bahn. Während seiner Thomas-Mann-Phase habe er seinen Freundinnen die Briefe im Mann-Stil geschrieben, ohne sich anstrengen zu müssen. Und als im Unterricht Homer drangewesen sei, habe er mit größtem Vergnügen seine Unterhaltungen im Deutsch der Schleiermacher-Übersetzung geführt. Mit anderen Worten: Das geistig aktive Subjekt richte sämtliche Kraft auf ein Objekt und das Objekt werde dadurch Teil des Subjekts, unter Umständen finde sogar eine Verschmelzung statt. Ihm, Kellenhusen, sei durch die konzentrierte Beschäftigung mit Hesse möglicherweise soz. 'unter der Hand' das Hesse'sche Schwingungsfeld in die eigene Darstellung, in die eigene Sprache gelangt. Die Bindung sei vielleicht nicht sehr stark gewesen, aber für einen Abend könne sie schon vorhalten, vor allem bei gedämpftem Licht im Clubraum eines Flußschiffes. Er, Kellenhusen, meine also, dass er, der gesetzte Ingenieur, der nie etwas mit Drogen zu tun gehabt habe, quasi die letzten Ausläufer einer Art Joint, ja, Himmel, einer Art, ja, könne man das vielleicht einen Sprach-Joint nennen, dass er den also quasi inhaliert habe? Sehr schönes Bild, lobt Kellenhusen, er dürfe das so sehen. Der Ingenieur: Herr Ober, bitte zwei Radeberger. Kellenhusen sei selbstverständlich eingeladen. Kleine Pause. Dann, noch bevor die Radeberger kommen: Wie sei das noch einmal gewesen mit dem rauschhaften Wasserfall, oder wie habe das noch einmal geheißen? Er sucht auf seinem Aufnahmegerät. Sie hören: „Als Schlusspunkt möchte ich Ihnen eine sprachliche Kanonade vorführen, in der alles enthalten ist, was in Hesses Arsenalen liegt und mir als sich selbst zeugender Rauschkatarakt vorkommt." Stop. Genau, das sei die Stelle. Was da aus dem 'Steppenwolf' zitiert werde, also das sei schon, er wisse gar nicht, wie er das nennen solle, irgendwie schon sehr beeindruckend, aber da sei noch was drin, irgendwas --- Obszönes vielleicht, greift Kellenhusen beherzt ein. Obszön? Die beiden Radeberger werden gebracht. Danke, Herr Ober. Prost. Zwei- bis dreimaliges Schlucken. Nicht im sexuellen Sinne natürlich, sondern im Sinne eines zuchtlosen Pathos, erklärt Kellenhusen, noch mit halb biererstickter Stimme. Ja, das klinge sehr interessant, wär' er ja nie drauf gekommen. Wie komme er, Kellenhusen, eigentlich auf solche Sachen? Das sei nicht ein Funktionieren, sondern ein Vollzug, das gehe nicht nach System, sondern nach Eingebung, versucht Kellenhusen eine Antwort. Im übrigen, das Sprechen über die Unsterblichen in Hesses 'Steppenwolf' mache ihm klar, dass zu diesem Thema Novalis die bessere Adresse sei. Das sei mal ein Thema für eine Fahrt auf der Wolga.

Herr Ober, bitte noch einmal zwei Radeberger. Selbstverständlich... Danke. Still hat sich um Kellenhusen und seinen Ingenieur ein Kreis Interessierter aus der abendlichen Zuhörerschaft gebildet. Man möge bitte entschuldigen, dass man sich einfach..., kommt es in einer Radeberger Pause aus diesem Kreis. Er, Kellenhusen, sei doch Lehrer. Wie halte er eigentlich seinen Unterricht? Spreche er da auch so wie gestern abend vor ihnen? Das könne man sich kaum vorstellen. Er lasse am besten Personen sprechen, die ihn im Unterricht erlebt hätten, meint Kellenhusen. Die ersten beiden Sätze seien aus einer dienstlichen Beurteilung: 1. Schüler, die seinem Gedankenduktus zu folgen vermögen, wachsen gedanklich über sich hinaus und werden zu eigenständigem Denken angeregt. 2. Es fällt ihm nicht immer leicht, Schüler und Klassen mit defizitären Fachkenntnissen da abzuholen, wo sie sich befinden. Der nächste Satz sei die Äußerung eines Schülers zehn Jahre nach dem Abitur: „Immer wenn ich ein Buch aufschlage und anfange zu lesen, habe ich das Gefühl, mit Ihnen zu reden." Da müsse er doch in seinem Beruf glücklich sein. Ja, meint Kellenhusen, er müsse wohl.

Die Elbe. Boizenburg:1989. Dessau,Torgau, Rosslau: 1945. Dresden: 1945, aber auch 18.Jahrhundert. Die 'Chopin' hat ihr Ziel erreicht. Es arbeitet in Kellenhusen, aber er ist noch nicht bis zur Quelle des Brodelns vorgestoßen. Er weiß nur: Er wird es machen müssen wie die 'Chopin'. Sie ist langsam von der Mündungsregion der Elbe in Richtung Elbquelle gefahren. In Dresden hat sie ihn entlassen. Nun ist es an ihm. Er hat noch vier Stunden bis zur Abfahrt des Zuges. Mit Tram und Bus die Löbtauer- und Tharandter Straße bis kurz vor Ecke Fritz-Schulze-Straße. Dann zu Fuß auf der Pasckystraße am Bienert-Park vorbei über die Dölzschener Straße und die Grenzallee zum Ziel: Am Kirschberg, da die Nummer 19. Kellenhusen läutet. Ein etwa 17-Jähriger öffnet. Kellenhusen spricht einige Minuten mit ihm, bedankt sich und setzt sich Nr. 19 gegenüber auf eine Bank. Er versenkt sich in den Anblick dieses schwarzen Holzhauses mit Veranda. Im Oktober 1934 wurde es unter unendlichen Mühen fertiggestellt. Zwei kummergeplagten Menschen bot es ein Dach über dem Kopf: Viktor Klemperer und seiner Frau Eva. Klemperers Tagebuchaufzeichnungen der Jahre 1933-1945 haben viel Kirschbergperspektive. Kellenhusen auf der Bank bringt sich mit festem Blick auf das dunkle Haus hinter Bäumen und Büschen langsam in den Strom der Zeit. Ein leichter warmer Wind kommt auf. Wind hat keinen Anfang und kein Ende. Er weht in die Konzentration Kellenhusens. Er erlebt dies als das Rascheln und Rauschen in Bäumen des nachts. „Ganz vergeßner Völker Müdigkeiten kann ich nicht abtun von meinen Lidern, noch weghalten von der erschrockenen Seele stummes Niederfallen ferner Sterne." Klemperers Dresden rührt sich in Kellenhusen: „... ein Schatten fällt von jenen Leben in die anderen hinüber". Kellenhusen spürt besonders deutlich: Diese Stadt hat einen Geruch, den Geruch leidvoller Geschichte, leidvoller Schichtung.

Die knapp drei Kilometer zum Hauptbahnhof geht Kellenhusen zu Fuß. Er durchquert den Ortsteil Plauen. Dieser Geruch ist allgegenwärtig. Berlin hat ihn auch, München hat ihn nicht, Hamburg, Frankfurt und Köln haben ihn auch nicht – und Wien erst recht nicht. Aber Scapa Flow hat ihn und der Lyngenfjord nördlich von Djupvik hat ihn auch.

Kellenhusen nimmt den Zug 18.20 Uhr nach München. Er hat ein Abteil für sich. Die Aussicht darauf, im Abteil allein zu bleiben und mit nur kleinem Licht im Coupé in die Dunkelheit zu fahren, stimmt ihn zufrieden.

Er war an der Quelle. Jetzt, da er Dresden verlässt, der Gedanke: Man geht nicht zur Quelle, um dort zu bleiben, sondern um die Kraft des Jungwassers frisch zu nutzen. Der Vergleich mit der Feder, die immer wieder aufgezogen werden muss. Aber etwas hält ihn noch, irgendwo ist er zwischen Steine geraten, die seinen Schwung bremsen. Es ist das Wort 'Geruch'. Er weiß, 'Geruch' ist nicht das richtige Wort. Atmosphäre, Stimmung, Timbre, Schwingung, Ton – es passt alles nicht, auch wenn bei 'Ton' der Beginn von Mahlers 1. ihn für einen Moment aufhorchen lässt. Es hilft nichts, die Sprache hat kein passendes Wort. Er sucht und horcht.

Jetzt hört er wieder: „Ganz vergeßner Völker Müdigkeiten ...", Hofmannsthal, selber in größter Sprachnot steckend. Die abstrakten Worte zerfielen ihm „im Munde wie modrige Pilze." Im Moment eigener Sprachnot die Poesie der Sprachnot. Die modrig gewordenen Pilze in Kellenhusens Mund, sie mussten zerfallen. Kellenhusen ist frei. Die Fahrt durch die beginnende Nacht im plüschigen Ambiente bringt neue Inspirationen.

Am Nachmittag des Pfingstmontags hat Kellenhusen zu tun. Die Kultusbürokratie verlangt Erwartungshorizonte. Dem Fachleiter ist es höchst unangenehm, dringlich um Erledigung bitten zu müssen. Erwartungshorizont, dieser sprachliche Zweireiher, präpotent, geisttötend. Kellenhusen muss nun aufschreiben, was er in seinen Deutschklassenarbeiten (bayerisch: Schulaufgaben) und Klausuren von seinen Schülern erwartet. Er ist ja immer schon froh, wenn sie mehrere Sätze hintereinander fehlerfrei hinbekommen. Deswegen heißt's bei ihm: Erwartungen und Möglichkeiten oder auch: mögliche Erwartungen. Diese Modifikation wird ihm amtlich zugestanden. Er weiß, wie die Kollegen diese Pflichttexte schreiben, er kann das aber nicht. Er muss zumindest ein spöttisches Vergnügen, vielleicht auch Freude an der

Arbeit haben. Er schreibt: „Es bietet sich an, Subjellas Äußere zum Ausgangspunkt für weiterführende Gedanken über seinen Charakter zu nehmen. In einem tieferen Sinne erfährt man über Subjellas Charakter aber nur etwas im Zusammenhang mit der jungen Frau, der er in ihrer Not keinen Unterschlupf gewährt – Feigheit bzw. Rache des bei den Frauen zu kurz Gekommenen. Die übrigen Persönlichkeitswerte haben bei Subjella eher einen akzidentellen Wert. So kann man ihn natürlich für seine Kinderlähmung nicht verantwortlich machen, und seine Art des Umgangs mit den Folgen der Krankheit entspricht mehr einem gängigen Verhaltensmuster, als dass sie Ausprägung individueller Verhaltensmerkmale wäre. Allerdings ist es wichtig, einen Zusammenhang herzustellen zwischen den krankheitsbedingten Minderwertigkeitsgefühlen und Subjellas aufschneiderischem Gehabe. Besonders wichtig ist es, dieses Verhalten Subjellas als Kompensierung für die ausgebliebene Fronterfahrung aufzufassen. Dieses Erfahrungsdefizit lässt Subjella ständig um seine Rolle als „Hauptperson" in der Clique fürchten. Überhaupt sind durchaus Gedanken zu der Frage angebracht, inwieweit es sich bei Subjella um eine wirkliche Hauptperson handelt bzw. darüber, inwieweit ihn die Gunst des Augenblicks zum vorübergehenden Mittelpunkt einer reinen Zweckgemeinschaft gemacht hat.

Wer kann – was kaum zu erwarten ist -, der sollte die spröde Ironie des Autors Walter Kempowski aufgreifen und darlegen, dass sie dem gesamten Geschehen den Ruch überhitzter Genussfreude verleiht, die einfach nur das perfid Abgründige der destabilisierten Welt unmittelbar nach dem Krieg widerspiegelt."

Die Zehntklässler hatten in der Zwischenzeit die möglichen Erwartungen längst erfüllt. Später fand die Kultusbürokratie den Erwartungstext „ausgezeichnet" formuliert. Das hatte Kellenhusen nicht erwartet.

Kellenhusen ist in Schwung geraten und schreibt gleich noch etwas über mögliche Erwartungen, die er gegenüber seinen Grundkurslern hegt:

1) „Tabori, Schachmentor von Hans Mayer, verlangt von diesem eine Art der Aufmerksamkeit, die *etwas viel Größeres* (ist), *als man im allgemeinen darunter versteht.* Diese Aufmerksamkeit ist radikale Konzentration auf den Spielvorgang im Schach, eine Konzentration, als ob der Einsatz jedes Mal das Leben sei. Dem leidenschaftlichen Schachspieler ist die Konzentration kein aufreibender, quasi Askese anstrebender Verzichtsmodus, sondern selbstverständliche, existentielle Grundlage für die visionär erfasste Abbildung der Lebensgesetzlichkeiten im Schachspiel. Die Initiation in das Schachspiel, unter der Anleitung des Meisters Tabori durchgeführt, ermöglicht es schließlich auch seinem Schüler Hans Mayer, *immer häufiger in diese Idealwelt zurückzukehren, in der die Gegenpole ständig schmelzen und sich aufzulösen scheinen.* Hatte dieser Zustand zunächst nur die *Dauer eines Blitzes*, so erreicht Mayer schließlich ein *Kontinuum...*, in das er nach Belieben und ohne Mühe... *im Zustand einer unbeschreiblichen göttlichen Ruhe eintauchen konnte.*

2) Das Erleben der Zeit erhebt sich in diesem Zustand über die gängigen Strukturen ihrer Einteilung und wird *reine Gegenwart*. Die Schach-Zeit rückt *unmerklich ab von der realen Zeit, hatte nichts mehr mit dem Zählen der Minuten,... der Aufteilung der Stunden gemeinsam*. In dieser Zeitlosigkeit durchdringen sich Vergangenes und Gegenwärtiges zu einem zeitunabhängigen, synoptischen Vorhandensein. So bleibt denn die Erde zurück, ein *Planet, den ich verlassen hatte*, (der) *irgendwo seine Jahrhunderte mit großer Geschwindigkeit verzehrte*. Das gesamte Romangeschehen ist nicht nur einem Schachspiel vergleichbar, sondern offensichtlich als solches angelegt. Schon die Tatsache, dass die Ansatzperspektive der des analytischen Dramas gleicht, schafft die passende Milieuvorgabe. Die verschiedenen Geschehnisstränge fügen sich allmählich zu einer Konfiguration, in der deutlich wird, dass hier ein Lebensschachspiel gespielt wird, bei dem im wahrsten Sinne des Wortes menschliches Leben das Einsatzkapital war (Hinrichtung der KZ-Insassen) und ist (Selbstmord des Verlierers Frisch). Schmerzlich musste der im Schachspiel eigentlich überlegene Jude Tabori erfahren, dass sein arischer Kontrahent Frisch die Gesetze des Spiels bestimmte und Menschenleben als Einsatz festlegte. Der Zusammenbruch des Dritten Reichs bedeutet für Tabori den Zusammenbruch seiner Schachstrategien. Frisch, der nach 1945 wieder auf die Füße kommt und sich materiell und sozial glänzend etablieren kann, sieht wie der Sieger aus. Tabori jedoch entwickelt

aus der Erschütterung über den Zusammenbruch seiner Schach-Ethik die Lüneburg-Variante, welche beinhaltet, *nicht nur ein Stück, sondern einen großen Bereich meines Wesens* aufzugeben, also das Opfer als festes Kalkül der Strategie zu begreifen, um letztlich obsiegen zu können. Dieses Schachspiel endet nach mehr als fünfzig Jahren. Tabori hat seinen Adoptivsohn Hans Mayer eingesetzt, um den verschwundenen Frisch ausfindig zu machen. Mayer, der selbst wegen seiner Schachleidenschaft durch manche Lebenskrise geht, findet Frisch. Frisch versteht die tiefe Bedeutung des Schachspiels, auf das er sich mit Mayer eingelassen hat, und bringt sich in Anerkenntnis seiner Niederlage um."

Kellenhusen liest den Text noch einmal. Er findet, dass man eigentlich nur verstehen kann, wenn man Maurensigs Buch gelesen hat. Bitte, sollen sich Respizient und Ministerialbeauftragter gefälligst die Mühe machen.

Zweite Bilderreihe

Vietnam

Kellenhusen mit Frau in Vietnam. Ein vietnamesisches Essen in Düsseldorf und ein abendlicher Spaziergang oberhalb von Jennadion auf Rhodos wirken zusammen. In Düsseldorf wusste der vietnamesische Restaurantbesitzer das Essen mit einfühlsamen Erklärungen über sein Land und die Menschen dort zu vergeistigen. Auf Rhodos versenkte sich Kellenhusen bei untergehender Sonne in den Blick gen bläulich dunkelnden Osten: Die vierzig Tage des Musa Dagh. Gegenwärtig.

Perestroika in Vietnam, die Vietnamesen sagen: Doi Moi. Vietnam öffnet sich. Die Kellenhusens haben sich in Hongkong einer amerikanischen Reisegruppe angeschlossen. Landung mit JAL in Saigon, derzeit Ho-Chi-Minh-Stadt. Kellenhusen erwartet von Vietnam vergeistigtes Kriegsgrauen.

Cung hat die Kellenhusens in der amerikanischen Reisegruppe als Deutsche ausgemacht. Er hat nicht wie 100.000 Vietnamesen in der DDR Deutsch gelernt. Er lebte als Angehöriger einer größeren Flüchtlingsgruppe sechs Jahre in Telgte und Bielefeld.

Jetzt arbeitet er im aufblühenden Tourismusgeschäft. Cung ist übermannt von seinen guten Erinnerungen an seine deutsche Zeit und dient sich den Kellenhusens als Begleiter an. Man emanzipiert sich von den Amerikanern, überlässt sich mit einem Kribbeln im Bauch dem einheimischen Deutschen und taucht ein in ein unbekanntes Stadtbrodeln.

Du o'ng Dien Bien Phu, Du o'ng Be' n Bach Däng, dazwischen der Cong Vien Park mit Reunification Hall, das Hauptpostamt von 1883, die Kathedrale Notre Dame aus dem gleichen Jahr mit alles beherrschender Marienstatue davor, das in die Jahre gekommene Hotel 'Continental', das ehemalige 'Oscar', mit Hongkong-Geld zum 'Century Saigon' mutiert, Mopeds, Cyclos, Küchengerüche, Fahrradklingeln, Stimmengewirr. Schließlich der Ben-Thanh-Markt. Cung erklärt, stellt vor, knüpft kleine Gespräche an. Kellenhusen schaut mehrfach seine Frau erstaunt von der Seite an: Die immer noch mädchenhafte Mittvierzigerin hat es nicht nur Cung angetan, sondern findet zu allen Zugang, mit denen Cung die Kellenhusens bekannt macht. Asiatische Herzlichkeit umfängt sie, Kellenhusen gegenüber ist man höflich und freundlich. Er kennt das und wundert sich trotzdem. In der Umgebung des Ben-Thanh-Marktes lotst Cung die Kellenhusens in ein preiswertes Mini-Hotel. Cung stellt Familienanschluss her, Kellenhusens Frau den Anschluss an das vietnamesische Herz. Es rührt sie zu Tränen, dass das so möglich ist.

Der Abend bringt Reis, Gemüsesuppe, Frühlingsrolle, Fisch, Tee und Bier, sehr gutes Bier. Vor dem Einschlafen denkt Kellenhusen in den Worten seines Großvaters: 'Das ist doch gediegen, dass man hier von dem vermaledeiten Krieg nichts merkt.' Die Leute haben einen knochentrockenen Pragmatismus gegenüber dem Heute und einen unerschütterlichen Gleichmut gegenüber dem Morgen. In Kellenhusen keimt ein Verdacht: Wenn er diese Mischung aus Pragmatismus und Gleichmut nicht begreift, dann begreift er schon gar nicht die Art, wie vietnamesische Vergangenheit gegenwärtig ist. Und deswegen spürt er sie auch nicht. Er gleicht dem Geist, den er begreift, nicht diesem hier.

Das Brodeln des nächtlichen Saigon wiegt Kellenhusen in den Schlaf.

Der nächste Morgen bringt eine Nudelsuppe, Reisnudeln, in Streifen geschnittenes Hühnerfleisch, Gewürze, vor allem den schon von den Franzosen sehr begehrten Pfeffer und dann eine Brühe, in der sämtliche Geheimnisse Vietnams enthalten sind. Danach ein starker grüner Tee. Oder ein Kaffee mit Baguette.

Cung führt die Kellenhusens wieder der amerikanischen Reisegruppe zu. Die will nach Vung Tau ans Meer – ein bißchen Pattaya auf Vietnamesisch. Die Kellenhusens zieht's nach Tay Ninh. Für den nächsten Tag einigt man sich auf Da Lat. Die Amerikaner sind unkompliziert, unter ihnen der Typ, der einem auf einem 28-Tonnen-Segler bei der Umrundung von Kap Hoorn begegnet, oder als Treter eines schwer bepackten Fahrrads am Nordkap, einem beim Besteigen des Kilimandscharo entgegenkommt oder bei der Bärenjagd irgendwo östlich von Irkutsk die Hütte mit einem teilt.

Cung kümmert sich um seine beiden Deutschen und hat alsbald einen älteren Mitsubishi Galant an der Hand. Dessen Fahrer bringt seine Passagiere ins Zentrum der Caodai-Sekte nach Tay Ninh.

Und wieder: Die Vietnamesen sind Meister der Verschmelzung. Caodai, oder: großer Palast. In diesem großen Palast sind verbunden Buddhismus, Daoismus, Konfuzianismus, Islam, Hinduismus, Christentum. Die Heiligen sind nicht nur die bekannten Religionsstifter, man verehrt auch Feldherren und Dichter aus den verschiedensten Zeiten und Völkern, unter ihnen Jeanne d'Arc und Victor Hugo. Der Gründer der Caodai: ein vietnamesischer Kolonialbeamter.

Der Caodai-Dom von Tay Ninh: Das europäische Auge kapituliert, der abendländische Geist kommt zum Stillstand. Graham Greene: „Religion in Technicolor." Kellenhusen: Und Gott sah, dass es so auch gut war. Dabei schaut Kellenhusen in das Auge, das als Gottessymbol auf alles in diesem Gotteshaus hinabschaut.

Gottesdienst im Dom von Tay Ninh: Die Gläubigen tragen weiße Gewänder, neun flache Stufen weisen jedem seinen Rang zu, je nach Nähe zur von ihm erreichten Glückseligkeit. Die Geschlechter sind voneinander getrennt. Monotoner Gesang, zahlreiche Verbeugungen, immer wieder Glockenklänge und Rezitation. Offensichtlich: Anverwandlung des Verschiedenen von außen und strenge Hierarchie und Liturgie im Inneren. Ebenso: Europäisches, Indisches, Chinesisches außen im Profanleben, konfuzianische Strenge und Enge der Bürokratie im Inneren. Die Vietnamesen, eingespannt in das Streckgerüst von strengem chinesischen Konfuzianismus im Norden und liberalem Buddhismus im Süden, abgegrenzt gegen die kambodschanisch-laotisch-thailändische Kultursymbiose, eingezwängt zwischen Hochebenen, Gebirgen und Südchinesischem Meer, gezüchtigt durch die ein Menschenleben während Abschüttelung fremder

Herrschaft – ein Volk, im Inneren hart geworden, jedes Lächeln ein kleiner Sieg über diese Härte. Die Buntheit des Caodai-Doms ist die Buntheit der uralten Kleinbusse und die Buntheit der Fischerboote von Nha Trang – in dieser Buntheit lächelt das geplagte Vietnam. So kommt es Kellenhusen vor. Vielfalt, Farbe und Widerspruch machen es ihm begreiflich. Er beginnt eine neue Sprache zu lernen.

Am nächsten Morgen noch einmal die Nudelsuppe. Dann Treffen mit den Amerikanern. Der allgegenwärtige Cung. Da stehen zwei dieser bunten Kleinbusse, grün und blau der eine, rot und gelb der andere, beide mit weißem Hüftband. Immer noch fahrtüchtige Überbleibsel aus der ganz späten Franzosenzeit. Basis: Citroen HY. Die Amerikaner sehen die beiden Fahrzeuge als Einladung zu einem willkommenen Abenteuer, die Kellenhusens bekunden höfliche Dankbarkeit für Cungs Bemühungen. Cung nimmt Abschied von den Kellenhusens.

Eine von fernher kommende Bewegtheit liegt in seinem Blick, für einen Moment das ganze Vietnam in seinen Augen. Er gibt Grüße nach Telgte und Bielefeld mit auf den Weg. Die bunten Busse rumpeln los.

Die N20, gut ausgebaut, führt durch Tabak, Tee, Kaffee, Kautschuk. 50 km/h, häufig weniger. Nachdenklich stimmend: die Wasserfälle im „Tal der Liebe".

Nach mehr als 6 Stunden und 200 Kilometern auf fast 1500m Da Lat. Alle haben etwas von der Fahrt gehabt: Die Passagiere sind gut angekommen, die Fahrer haben ein gutes Geschäft gemacht, und der gute Cung in Saigon freut sich auf seine nächsten Deutschen.

Da Lat. Da Lat ist kein Problem. Dr.Yersin, ein Schweizer Naturforscher, gab den Rat, und die Franzosen bauten die Stadt für Franzosen. Klima und Umgebung sind sehr europäisch, das Stadtbild französisch, da vor allem der kürzlich erst renovierte Bahnhof. Ein etwaiger Zug würde ins Nirgendwo fahren; das koloniale Frankreich ist gerade hier am Bahnhof präsent. Da Lat ist weitläufig, Villen, Residenzen, das Petit Lycée Yersin, das Grand Lycée Yersin, die Kathedrale von 1942. Unterkunft im Anh Dao.

Mit Vietnam Airlines nach Hue.
Hue. Die Tagesschau liefert zum Abendessen die Bilder. Ein mörderischer Einsatz von Mensch und Material, die Pulverisierung vietnamesischen Geschichtseigentums, der Wendepunkt im zweiten Indochina-Krieg, beginnend mit einer Niederlage der späteren Sieger – sehr vietnamesisch.

Hue. Die geographische Mitte zwischen Saigon und Hanoi. Saigon und Hanoi im Aufbruch, die bunten Ränder Vietnams. Hue, die alte Königsstadt, in strenger Beschaulichkeit, Zentrum konfuzianisch inspirierter Gelehrter und Künstler, aber auch widerständlicher Buddhisten, kaum im Aufbruch, aber stille Mitte brodelnder Fortschrittskräfte, im Zugbereich mächtiger Taifune.

Hue. Thich Quang Duc, buddhistischer Mönch, macht sich aus dieser Stadt auf den Weg. In Saigon verbrennt er sich öffentlich. Sein Protest gegen das Regime des katholischen Machthabers Diem.

Hue liegt an beiden Ufern des „Flusses der Wohlgerüche". Mittelpunkt der alten Hauptstadt Vietnams ist der Herrscherpalast. Mittelpunkt des Palastes ist der Saal der „Höchsten Harmonie". In der Mitte des Saales der König auf einem einfachen Thron, umgeben von seinen Heerführern und Ministern. Der Saal ist per Verbot allen anderen Sterblichen entzogen.

Hue beheimatet auch eine Kathedrale „Notre Dame".

Höhepunkt und Wahrzeichen von Hue: der Phuc-Duyen-Turm. Die Aussicht am Abend geht ins Innere und verbleibt dort als Bildvokabel.

Mit Vietnam-Airlines nach Hanoi.

Hanoi, ähnlich, aber auch anders als Saigon, deutlichere Wiederbelebung des französischen Erbes, bedächtiger, konservativer. Interessanter die dörfliche Welt im Delta des Song Hong.

Die Amerikaner spüren alsbald, dass der Norden Vietnams weniger touristische Freiheit bietet. Man überlässt sich gern dem geistig wirkenden Europäer und rumpelt gemeinsam im Citroen HY in den ursprünglichen Lebensraum des Volkes der Viet.

Der gefährliche Fluss ist die Grundlage ertragreicher Feldwirtschaft. Die Wasserlandschaft ist eine Deichlandschaft. Geschützt von den Deichen die Dörfer, die Dörfer geschützt von hohen Hecken gegen Eindringlinge jeder Art. Der Mittelpunkt des dörflichen Lebens ist ein großes Gemeinschaftshaus, bewohnt nur von einem Schutzgeist, der abgewählt werden kann, wenn er die in ihn gesetzten Hoffnungen nicht erfüllt. Ein erstes Licht im rätselhaften Halbdunkel von Caodai und Doi Moi im Süddelta. Der Konfuzianismus des Norddeltas ist, obwohl ähnlich geartet, nicht im Kommunismus aufgegangen. Der Kommunismus blieb Episode, pathetisch, doktrinär, europäisch. Der Konfuzianismus ist Methode, trocken, praktisch, eng. Dem mehr als tausendjährigen Ringen mit dem Wasser ums Land bleiben Ideologie und Spiritualiät fremd. Das Wasser in seiner nicht fassbaren Natur ist machtvolle Gottheit genug. Für kleinere Schutzgötter bleibt gerade Platz, aber sie müssen sich vorsehen. Gemütswerte überträgt man auf Drachen, nicht auf Drachentöter.

Nacht mit Vollmond über der eingedeichten Flusslandschaft. Kellenhusen wundert sich. Tagsüber bescheint ihn überall in Vietnam die gleiche Sonne wie zwischen Alpen und Nordsee. Das wundert ihn nicht. Den deutschen Mond aber über einer nächtlichen Deltalandschaft in Vietnam zu sehen, das trifft ihn. Er sucht nicht nach Gründen, sondern findet den Sinn des nächtlichen Bildes: die Sprache der natürlichen Bilder. Ein milder Wind weht.

Abschied in Hanoi. Die Amerikaner lassen es an Herzlichkeit und Dank nicht fehlen: „Nice animal, the dragon." Sie fliegen zurück nach Saigon. Die Kellenhusens verlassen Vietnam mit Thai Richtung Hongkong und Cathay Pacific nach Frankfurt.

Die suggestive Kraft der Worte Thieus, des Düsseldorfer Restaurantbesitzers, Lektüre und Imagination bei Kellenhusen. Kellenhusen war nie in Vietnam.

Dritte Bilderreihe

Skandinavien

Kellenhusen betreibt ein trübsinniges Geschäft. Er schreibt an seinem Buch der Erwartungen und Möglichkeiten oder möglichen Erwartungen. Eine Quelle unschätzbaren Wertes, die er während seines Studiums erschlossen hat, gibt auch jetzt wieder Kraft. Er weiß, er verdankt Clemens Heselhaus entscheidende Einblicke in das Wesen der Dichtung. So schreibt er: „Clemens Heselhaus hat uns den Blick dafür geschärft, worin der eigentliche poetische Akt besteht. Nicht das gefällige einzelne Stilmittel, der hübsche Reim, das nette Versmaß erhebt einen Text zur Dichtung, auch nicht die einzelne treffende Metapher, sondern die Imagination, die in Gestalt einer einzigen 'Großmetapher' bis ins Detail hinein die Wesensmerkmale des Objekts der Dichtung bildlich wiedergibt, ist die treibende Grundkraft. Wenn Georg Trakl ein Gedicht mit 'Trübsinn' betitelt, muss man sich also fragen: Was ist das Wesen des Trübsinns und wie spiegeln sich die Wesenselemente des Trübsinns in den Elementen der dichterischen Gestaltung wider?

Trakls Dichtung ist geprägt von traumgesetzlicher Steuerung der Wahrnehmung. Hier regieren Bildsplitter, die als solche aber nur von ratioinspirierter Wahrnehmung aufgefasst werden. Traumgesetzliches schafft Zusammenhänge, die sich der Ratio verschließen. *Weltunglück geistert durch den Nachmittag*, das lässt eine liberale Ästhetik noch passieren. *Baracken fliehn durch Gärtchen braun und wüst*, das wird auch dem Bemühten leicht zu viel. Dabei weiß jeder, dass so etwas in seinen Träumen geschehen kann. Warum darf es dann nicht in der Dichtung geschehen? Nun, es geschieht, und das ist gut so.

Die Verben *geistern*, *fliehen*, *gaukeln* und *schwanken* generieren den Status des Unbestimmten, *grau* und *braun* geben den (Farb-)Ton des Abgematteten, *wüst* und *verbrannt* bilden zusammen Lebensfeindlichkeit, nicht einmal die Trostlosigkeit von Baracken kann sich hier halten, Licht fällt als schnell vergänglicher Lichtreflex in dieses Wirkmilieu, alles bleibt *grau und vag, grau und vag* auch zwei Menschen, *zwei Schläfer*, die auf eine unbestimmte Heimat hin *schwanken*.

Braun, *wüst* und *verbrannt* greift die zweite Strophe auf und ergänzt um ein *Verdorrt*. Das *Gärtchen* (braun und wüst) wird in der zweiten Strophe um eine Wiese (verdorrt) ergänzt. *Braun* findet eine Erweiterung durch *Gold*, das allerdings ist *trüb und matt*. *Gold* verbindet sich bei Trakl gern mit *Augen*, das gestalthaft Runde der o – Artikulation macht's möglich, so auch hier, wo über *Gold*, *Augen* (*schwarz und glatt*), *Kind* ein Objektzusammenhang hergestellt wird, der mit dem Wesen des Trübsinns zu tun haben muss. Was macht das Kind? Es läuft auf (nicht: über) der verdorrten Wiese. Und was macht der andere Mensch, der in dieser Strophe vorkommt? *Ein alter Mann dreht traurig sich im Wind*. Egal, ob Kind oder alter Mann: Der Mensch befindet sich ohne Sinn (Trübsinn) in seiner Welt. Auch eine Sinngebung vom Himmel her verliert sich im Trüben, und die Bewegung der Schläfer der ersten Strophe ist die gleiche wie die des Himmels in der dritten, denn *schwarz schwankt Gottes Himmel und entlaubt*. Und das bereits *am Abend*, der doch die Einkehr des Menschen bei sich bringen soll. Aber auch jetzt ist es nur Saturn, er *lenkt stumm ein elendes Geschick... über meinem Haupt.* So die dritte Strophe.

Plötzlich ist Bewegung in der trüben Szenerie: *Ein Fischlein gleitet schnell hinab den Bach*, doch ist es auch schnell verschwunden – im Dunst des Trübsinns. Leise aber rührt sich eine Hand aus all dem Diffusen, *des toten Freundes Hand*, sie allein kann die Liebe bringen, die der verlorene Lebende zur Überwindung des Trübsinns benötigt. Sie *glättet* (s.a. die Augen des Kindes, schwarz und glatt) *liebend Stirne und Gewand*. Der Tod ist das einzige Licht in dieser trüben Szenerie, die eigentliche menschliche Wohnung befindet sich im Reich des Todes. Dieses *Licht ruft Schatten in den Zimmern wach* – um den Preis des Todes verflüchtigt sich der weltliche Trübsinn, an seine Stelle treten Schatten.

Es wird allmählich klar, dass 'Trübsinn' nicht nur als seelischer Zustand aufzufassen ist, sondern auch einfach nur wörtlich: Der Sinn, der Weltsinn (s. *Weltunglück*) ist trübe, nicht zu erfassen. Konkrete Ursache und Wirkung in der Seele werden ineinsgesetzt und mit einem einzigen Begriff verklammert – eben: Trübsinn. Wie ist er zu überwinden? Man lese Trakls *Trübsinn*!"

Von den eigenen Worten dröhnt's in Kellenhusens Ohren, aber es schmerzt sein Herz, wenn beamtete Pedanterie nach der Dichtung greift.

Friedrich Schiller, Die Piccolomini, 5.Aufzug, 1.Auftritt, der amtliche Erwartungshorizont zu den sprachlich-stilistischen Gestaltungsmitteln:

Kennzeichen der Sprache, Ebenen des Gesprächs

- Gebundene Sprache, Rhythmisierung, Blankvers, Annäherung an natürlichen Redefluss; Hervorheben der Eloquenz, Verdeutlichen der Fallhöhe, Betonung der Handlungsdramatik;
- Anrede, Possessivpronomen, Antilabe: Herausstellen der Achtung vor dem Gesprächspartner, Bemühen um Gesprächsergebnis und Verständigung;
- Antithetik, Tempowechsel, Gedankenstrich, retardierende Pause, kursive Hervorhebung im Sprechtext, Appell, Ellipse – Stichomythie: Dynamik der Auseinandersetzung, Darstellung der eigenen Sicht, Gegenüberstellen und Zuspitzen von konträren Standpunkten;
- Octavio : Überwiegen der Redeanteile, Vielfalt und Eindringlichkeit der Argumente
- Hypotaxe, Parenthese: Strukturierung, Dosierung von Informationen;
- Alliteration, Chiasmus, Metapher, Metonymie, Periphrase (Z.70), Synekdoche (Z.12), Personifikation (Z.55, 76), Adjektive: Eindringlichkeit und Anschaulichkeit, Stilisierung;
- sentenzenhaftes Sprechen: Einprägsamkeit, Anspruch auf Allgemeingültigkeit;
- Schlüsselbegriffe („handeln", „müssen", „dienen, „Pflicht", „Herz"): Kategorisierung ethischer Maximen;
- Possessiv-, Personalpronomen, Superlativ, Pleonasmus (Z.7f.), Imperativ, Aposiopese (Z.14,140): Bemühen um die Unterstützung durch den Sohn

- Max: geringere Redeanteile, defensives und emotionales Reagieren;
- Parallelismus, Konjunktiv: Einräumen und Verharmlosen;
- Anapher, Emphase, Exclamatio, Ellipse, Beschwörung, Inversion, Parallelismus: Ausdrücken der Konfliktsituation, emotionale Betroffenheit, Ablehnung der väterlichen Behauptungen, Polarisierung;
- Interrogativpronomen, rhetorische Frage, Frage: Verunsicherung, Ratlosigkeit, Suchen nach Orientierung
- dreifach verneinende, variierte Replik (Z. 24f.), dreifache Anrede (Z. 116), Irrealis,Negation: Verdrängungsversuch, Ringen um den Erhalt von Vor- und Vaterbild

Ein Bild zieht im Innern am Horizont auf, dreißig Jahre hat es für seinen Umlauf benötigt: Buenos Aires, die Ricoleta. Bizarres Skulpturenfeld, hier wurde zur Ruhe gebettet, jedes Grabmal ein Wort, 28.000 DM der Quadratmeter. Ein letztes Mal spreizt sich die Sprache, nicht selten zu wahren Mausoleen. Handwerklich erstaunlich, im Anspruch phantastisch banal, in der Aussage apokalyptisch erstarrt. Niobe als weinender Stein, Lots Weib als erstarrte Salzsäule, Maximian als Marpesischer Fels. Da stehen sie, die Wörter, vermeintliche Ekstase als endzeitliche Gerinnung. Oscar Bonavena ist der ehrlichste von allen Toten. Lebensgroß steht er da, in Bronze gegossen.

Um die Ricoleta brandet das Leben. Leben ist Eingesammeltwerden. Das besorgen die *Colectivos*, Busse, bei denen nur die Nummern wichtig sind. Einen Fahrplan gibt es nicht, die Nummern zeigen, wohin die Fahrt mit welchem *Colectivo* geht, alles andere regelt das freie Spiel der Kräfte. Ein Passagier kommt infolge einer Notbremsung durch den Gang nach vorn geflogen, sein Kopf stößt an die Registrierkasse rechts vom Lenkrad. Blut. Der Fahrer: „Was willst du hier vorne, Kleiner?"

Die Fahrer haben sich in ihren Führerständen umgeben mit Nippes jeglicher Art: Fotos von Familienmitgliedern, von der Oma gehäkelte Deckchen als Kleinstgardinen, puppige Sekretäre zur Aufbewahrung von Briefen, Rosenkränze, Marienbilder, immer wieder ein ewiges Licht. Bei der Vorbeifahrt an Kirchen bekreuzigen sich die Fahrer.

Abends werden die Passagiere bei jedem Bremsmanöver von den zahlreich im Bus verteilten Lampen in buntes Neonlicht getaucht. Na also. Was will hier noch die Sprache?

Noch ein Bild:

Gotland, die ehrwürdigen Kirchen in Tingstäde und Lummelunda, drumherum jeweils der Friedhof. Es gibt nur in den Boden eingelassene kleine Grabplatten. Der Boden ist gepflegter Rasen, Gotlandrosen sind der einzige Schmuck, licht gestellte Bäume sorgen für ein lebhaftes Spiel zwischen Sonnenhelle und mildem Schatten. Die weiß gekälkten Kirchen tun ein Übriges. Hier möchte man begraben sein.

Theopilus North, Heiliger wider Willen, klopft bei Kellenhusen an: „Ich erfreute mich der besten Gesundheit, nur innerlich war ich erschöpft. Ich war viereinhalb Jahre lang als Lehrer an einer Knabenschule in New Jersey tätig gewesen und dreieinhalb Sommer als Tutor in einem von der Schule organisierten Ferienlager. Nach außen hin wirkte ich heiter und pflichtbewusst, aber im Grunde war ich zynisch und brachte anderen Menschen, mit Ausnahme meiner nächsten Familienangehörigen, nur wenig Sympathie entgegen."

Ferien

„Das deutsche Herz in meiner Brust
Ist plötzlich krank geworden,
Der einzige Arzt, der es heilen kann,
Der wohnt daheim im Norden"

Die A7 nach Norden ist frei. Die Tachonadel liegt bei 250. Kellenhusen wie üblich. Im Recaro neben ihm schläft sein Sohn. Der Honda glüht.

Puttgarden – Rödbyhavn. In Dänemark wird es etwas ruhiger, aber es ist noch nicht das richtige Skandinaviengefühl. Die Östersund-Brücke ist gesperrt. Also Hälsingör – Hälsingborg.

Schweden, Hälsingborg. Jetzt beginnt das skandinavische Rollen. Immer um 120. Bis Stockholm 603 Kilometer. Das schreckt nicht, man weiß, dass das nach sechs unaufgeregten Stunden geschafft ist. Die E4: Landschaft in langen parataktischen Sätzen, bunte Adjektive mit schwe-

dischen Fahnen oben drauf, ruhiger, gelassener Sprach-
duktus.

Stockholm. Noch lange nicht am Ziel. Man beschließt
zu fahren, bis der erste Phantomelch die Straße quert.
Das passiert nach 167 Kilometern bei Gävle. 4 Stunden
Ruhe. Dann Rückkehr der Unruhe: Haparanda 757 Kilometer und noch 273 Kilometer bis Muonio. Übernachtung. Und noch einmal 550 Kilometer. Das Ziel. Nach
Norden nur noch Wasser, Himmel und Sonne. Es ist 24
Uhr. Die Sonne ist herabgestiegen zum Meer, berührt
es leicht, lässt das Meer in einer zarten Verschmelzung
glitzernd erröten:

> „Es war, als hätt der Himmel
> Die Erde still geküßt..."

Von 24 Uhr bis 4 Uhr mit Blicken der aufsteigenden
Sonne nach:

> „Und meine Seele spannte
> Weit ihre Flügel aus,
> Flog durch die stillen Lande,
> Als flöge sie nach Haus."

Danach tiefer Schlaf. „Und sie fielen in einen tiefen Schlaf,
und der Gott gab ihnen im Traum die Heilmittel an."

Auf dem Rückweg vom Sonnenaltar über sieben Kilometer lang in Dunkelheit unter dem Meer durch, dann
noch einmal über vier Kilometer. Am Ende des zweiten
Tunnels, der in einer Rechtsbiegung endet, überraschende

Straßenblockade: Rentiere suchen Schutz vor der Sonne und haben sich auf der Fahrbahn niedergelassen.

Der Porsangerfjord, auf der Fahrt nach Süden immer links, bis zu 20 Kilometern breit, eingerahmt von flachen Felsen, auf denen nur Moos oder Flechten wachsen, auf dem Wasser kein Schiff, kein Boot, nichts. Ein Kolossalbild der Unwirtlichkeit.

Hammerfest. Aus verbrannter Erde sind nüchterne Zweckbauten emporgewachsen. Im Heimatmuseum ist man sichtlich um historische Fairness bemüht. In ihrem Inneren dokumentiert repräsentativ einzig die architektonisch prägnante Kirche von 1961, dass diese Stadt auch eine Zeit vor 1944 hat.

Auf der E6 nach Süden. Der harte Realismus dieser sagenumwobenen Straße findet nördlich von Narvik keine Fortsetzung. Die 309 Kilometer zwischen Alta und Storfjord sind eine einzige Präsentiermeile eines lautlosen Rausches zwischen Land und Wasser.

In Övergard auf die E8 nach Tromsö.
Tromsö. Das Tor von Tromsö: rechts die Eismeerkathedrale, links die Tromsö bro.
  Die Eismeerkathedrale: dreieckig, offen für zahlreiche Sinnbezüge; kiemenförmig aufgefächertes Langhaus mit Glaseinsätzen, beidseitig offen für Licht aus dem Süden; an der nach Südwesten weisenden Stirnseite Europas größtes Glasmosaik, öffnet, von innen beleuchtet, in der Polarnacht ein Tor ins Licht.

Die Tromsö bro: führt in hohem Bogen über mehr als einen Kilometer auf die Insel hinüber, auf der Tromsö liegt.

Richtung Tromsö Zentrum: Es geht durch granitene Unterwelt. Man findet hier Straßenschilder, Kreisverkehre, Kreuzungen. Völlig unerwartet.

Auf der Oberwelt Regen.

Tromsö-Museum, sehr hilfreich die samische Abteilung. Gespräch mit einer deutschstämmigen Touristenführerin. Sie ist aus Hamburg, Geologin. Aus Urlaub wurde Aufbruch, seit acht Jahren lebt sie mit ihrem Mann in Tromsö. Die Polarnacht macht ihr nichts aus. Sie schwärmt mitreißend vom Polarlicht. Von ihr der Hinweis, dass im Wasser an der Straße nach Tromsö zurück die 1944 versenkte Tirpitz liegt. Auf der Rückfahrt in die Stadt Stop an genau beschriebener Stelle. Jahrelang schauten die Aufbauten des riesigen Schiffes noch aus dem Wasser. Nach elf Jahren im Wasser barg man die immer noch funktionstüchtige Generatoranlage des Schiffes. Sie sicherte die Stromversorgung Tromsös. Historisches Knistern.

Immer noch Regen, deswegen trotz vorgerückter Stunde das 381 Kilometer entferntliegende Ziel in Angriff genommen.

Stokmarknes, das Ziel, am südwestlichen Ende der Vesteralen.

Den Junior haben die mythischen Feldlinien erfasst, er muss nach A i Lofot. Exkursion dorthin. Nordische Sonne, auch nachts. Schwer beladen mit Fotobeute kehrt er nachts um vier zur Holzhütte zurück.

Zurück in Stokmarknes. Jetzt ist's am Senior. Er schleppt einen über dreißig Jahre alten Baedeker mit sich herum und damit eine Verpflichtung, die er als 14-Jähriger auf sich genommen hat. Er muss auf den Digermulkollen.

In Digermulen entscheidet er von einer Sekunde auf die nächste, im Lebensmittelgeschäft nach dem Aufstieg zum Digermulkollen zu fragen. Der Aufstieg liegt direkt dem Lebensmittelgeschäft gegenüber. Dies und anderes erfährt er vom Inhaber des Geschäfts. Dieser spricht hervorragend Deutsch. Er hat's von Freunden und über vom Satelliten empfangene deutsche Fernsehprogramme gelernt.

Der Aufstieg bei glänzendem Wetter.

Nach einer Stunde löst der 67er Baedeker sein Versprechen ein: „Am Südende der Insel erhebt sich der eine wundervolle Aussicht bietende **Digermulkollen.*"

Wovon der Baedeker nicht spricht, worauf der Lebensmittelhändler aber hingewiesen hat, sind zwei Gedenktafeln:

SEINE MAJESTÄT
DER DEUTSCHE KAISER
WILHELM II.
UND DAS
ALLERHÖCHSTE
REISEGEFOLGE
AM
2.JULI 1889

Links daneben gleich noch einmal, diesmal datierend vom 23.Juli 1903.

Hinter dem Digermulkollen erhebt sich ein namentlich nicht bekannter Berg. Zwei Stunden Aufstieg. Oben:

„Wenn aber die Himmlischen haben
Gebaut, still ist es
Auf Erden, und wohlgestalt stehn
Die betroffenen Berge. Gezeichnet
Sind ihre Stirnen.

Denn Freude schüttet
Der Donnerer aus und hätte fast
Des Himmels vergessen."

Nach sechs Stunden wieder am Ausgangspunkt und zurück zur Holzhütte in Stokmarknes.
Die Nacht ist hell und der Schlaf tief.

Am nächsten Tag das 'Hurtigrutemuseet' in Stokmarknes. Die Geschichte einer Postschifflinie. Draußen vor dem Museum ein aufgebocktes, ausgemustertes Schiff aus dieser Flotte. Baujahr 1963. Das unrestaurierte Schiff, Wind und Wetter wie eh und je ausgesetzt, hält stumme Zwiesprache mit seinem Besucher: „Es gibt Schiffe, die länger im Dienst sind, aber die müssen weniger aushalten. Außerdem sind die Norweger vorsichtig, und zwar in unnachgiebiger Manier. Der Mut der Dummheit liegt ihnen nicht, dumm machende Angst auch nicht, dafür ein sachlicher Sinn für das Mögliche." Kellenhusen gibt freimütig zu verstehen, dass ihn das norwegisch Mögliche immer wieder erstaunt.

Am Abreisetag Saga-Wetter. Regen, Wind, tiefziehende Wolken, verschwundene Berge oder, wenn sichtbar, abweisend schwarz.

Narvik. Düster, regenschwer, 14 Grad. Zum Abschied von Norwegen im Einkaufszentrum ein wohlschmeckendes Fischgericht.

Zum Dessert: 176 Kilometer nach Kiruna. Der Grenzübergang Riksgränsen/Lapplandia auf 625 Metern Höhe. Hineinrollen nach Schweden zwischen Abisko-Nationalpark und dem langgestreckten Torneträsk. Das Wetter zieht alle Register. Die vertrauten Kategorien versagen. Die Landschaft ist Bestandteil des Wetters – das die Botschaft einer Region, die es an einigen Stellen nur auf eine Jahresdurchschnittstemperatur von 2,9 Grad bringt.

Kiruna. 7 Grad. Sehr gute Unterbringung.

Tagsdarauf Sonne, 18 Grad, mit einem Bus Einfahrt in die Erzgrube. Unten ist man 540 Meter vom höchsten Punkt der Anlage entfernt. Die junge Frau von LKAB stammt ab von deutschen Eltern aus dem Hunsrück. Sie ist Schwedin, ist aber in ihrer Elternsprache sattelfest. Differenzierende Wahrnehmung in dieser fremden Welt untertage kaum möglich, Zuordnungen, Einordnungen gelingen nicht, obwohl man sich hier nur in einem 'Besucherschacht' befindet.

Kellenhusen senior setzt sich in einen Stollen ab. Dort stehen im fahlen Halbdunkel hintereinander ausgemusterte Bagger, Lokomotiven, Transportbänder und Bohrmaschinen. Es herrscht Stille.

Eine Lokomotive schaut Kellenhusen mit ihrem matten, blaßblauen Scheinwerfer an: In der Stille dieser Ruhestätte wird es aus großer Ferne lebendig, das Arbeiten und Lärmen dieser Bagger, Lokomotiven, Transportbänder und Bohrmaschinen. Kellenhusen eilt aus dem Stollen.

Diese Führung untertage ist eine deutsche Führung. Die Gruppe besteht nur aus Deutschen. Deutsche, die im August Skandinavien bereisen, sind häufig Lehrer. Die Gruppe darf am Ende der Führung Fragen stellen. Jemand fragt nach dem Sicherheitsstandard in der Grube, insbesondere interessieren ihn die Gefahren durch mögliche Wassereinbrüche. Er wird aufgeklärt. Die Schlussbemerkung der Schwedin irritiert den Mann, macht ihn betroffen: „Man kann aber nicht ausschließen, dass doch mal Wasser kommt, und dann können wir alle hier nur hoffen."

Ein anderer Besucher fragt nach Umweltstandards. Auch er erhält die entsprechenden Einblicke. Die Schlussbemerkung: „Wir in Schweden haben Umwelt genug." Wortlose Fassungslosigkeit beim Frager, untermischt mit milder Empörung.

Kellenhusen wagt eine läppische Frage. Er will wissen, wo die Schaufelbagger gebaut werden. „In Finnland."

Dem Junior sind die Lehrertypen auf den Nerv gegangen. Er hat sich ebenfalls abgeseilt und sich seine eigene Führung zusammengestellt. Er schleppt eine Menge Eindrücke, Bilder, Rätsel und Fragen mit ans Tageslicht. Und eine Packung mit zu Kugeln geformtem Erz.

Das Finale erleben die beiden Kellenhusens ohne Führung. Ein Zug macht sich mit 4000 Tonnen Erz auf den Weg von Kiruna nach Narvik. Ein höllisches Kreischen und Quietschen in den Gleiskurven der Verladestation. Zwei Adtranz-Lokomotiven müssen es nun richten.

Bei immer noch strahlendem Sonnenschein die 208 Kilometer bis Kalix. Übernachtung auf einem weitläufigen Campingplatz mit stimmungsvollem Blick auf die nördlichste Ostsee.

Folgenden Tags mit dem Wetter des vorangegangenen nach Oulu und weiter. In der Nähe von Kalajoki der Versuch, auf einem Campingplatz wieder die skandinavische Stille zu finden. Jedoch: Wochenende und der damit verbundene Erlebnishunger der finnischen Jugend aus den umliegenden Ortschaften. Flucht Richtung Kuopio.

Pielavesi. Ein plötzlicher heißer Schmerz lässt die gesamte linke Körperseite aufschreien. Endcordialer Zustand? Hochgespanntes Befühlen der Schmerzbahn. An ihrem oberen Ende unter dem linken Ohr eine kleine Schwellung: Visitenkarte der gefürchteten finnischen Luftwaffe. Man ist gewarnt und sieht sich vor. Sind alle Mückengitter in der Hütte wirklich dicht? Sie sind es. Dann die gewünschte skandinavische Nacht, sie ist das Tor zum Eintritt nach Karelien.

Der Pielinensee. Tags von den Kolibergen: Finnland, wie man es erwartet. Nachts bei Vollmond: Finnland, wie es auch noch möglich ist:

„Und jetzt – und jetzt – so sah ich das Land noch nie -
weg mit aller Könige Herrlichkeit
Da ist so sichtbar Gottes Tempel;
Gottes geheiligter, liebster Tempel –"

Rund um den Pielinensee mit Abstecher nach Ilomantsi.

Ilomantsi. Die List, für die Fahrt nach Ilomantsi einen Sonntag zu wählen, geht auf. Mitten in den karelischen Wäldern ein farbenprächtiger Gottesdienst nach griechisch-orthodoxem Ritus in der Elias-Kirche von Ilomantsi. Nach Vertreibung aus dem russisch-orthodoxen Ritus der Versuch, sich in der griechischen Variante zu beheimaten. Herausgekommen ist eine als liberal geltende finnische Orthodoxie. Die tiefe Frömmigkeit der Leute gebietet dem Fremden Zurückhaltung in der Teilnahme. Viele der im Gebet versunkenen Menschen haben ihre heute auf russischem Gebiet liegende Heimat verloren.

Irgendwo zwischen Ilomantsi und Lieksa. Die finnische Quadrophonie aus Himmel, Wald, Wasser und Straße regiert längst die Wahrnehmung. Es wird allmählich Abend, Sonntagabend. Wieder einer dieser einsam am Straßenrand laufenden Männer mit weißer Plastiktüte in der Hand.

Ein Grundbedürfnis stoppt die beiden Kellenhusen-Männer. Nach Erledigung holt man aus dem Kofferraum vom reichlich mitgeführten Proviant und breitet sich großzügig auf dem Tisch der Parkplatzsitzgruppe aus.

Der Mann mit der weißen Plastiktüte nähert sich, macht keinerlei Anstalten, um Mitnahme zu bitten, geht vorbei. Aus der Plastiktüte ein leises gläsernes Klirren. Aber den Blick des Mannes hat der ältere Kellenhusen aufgefangen. Den hat er schon einmal gesehen, und er weiß auch sofort, wo: im Film 'Einmal nach Inari'. Ein finnisches Ehepaar und ein Deutscher sind im Gespräch – ein sehr finnisches

Gespräch: wenig gesprochen, viel gesagt. Der Deutsche bittet die Finnin, ihm einen finnischen Gedichttext ins Englische zu übersetzen. Die Finnin übersetzt ins Deutsche. Darauf der finnische Ehemann: „Woher kannst du nur das ganze Deutsch?" Die Frau antwortet mit einem Blick, der einen Dostojewski benötigt, und lässt dann auf einem Kassettenspieler eine finnische Weise spielen. Mit anderen Worten: Sie antwortet mit den Augen und mit Musik. Ihr Mann scheint zu verstehen und legt den Kopf auf die rechte Schulter seiner Frau. Dann kommt von ihm für Sekunden der Blick, der auf der Straße zwischen Ilomantsi und Lieksa wiederkehrt, nur etwas höher angesetzt: ein Blick in die Ferne, hinter einem ganz leichten Alkoholschleier eine abgründige Melancholie, die um ihre Gefährlichkeit weiß, Tränen ohne Weinen.

Sie kamen aus der mittelasiatischen Steppe südlich des Ural. Nach der Trennung zogen die einen bis in die Theißebene, die anderen zogen nordwestwärts, bis die Küsten des skandinavischen Halbkontinents ihre Wanderung stoppten. Wie ihre Verwandten in Ungarn bildeten sie eine Sprachinsel aus, und nur mit ihnen können sie sich direkt verständigen. (Seit ein Este die Finnland-Rallye gewonnen hat, fühlen sie verstärkt die Verwandtschaft mit dem südlichen Anrainer.) Mit den Ungarn wechseln sie sich in der höchsten Selbstmordrate Europas ab. Sie sehen in ihren lappischen Landsleuten, was sie verloren haben, und sie spüren das Unerlöste in sich. Sie weinen ohne Tränen, und Tränen stehen einsam in ihren Augen. Sie bauen Kirchen in Form von Lappenzelten, Ufos, aus Eis oder einfach nur viel zu groß. Sie haben einen Humor, von dem sie sagen, dass er keiner ist. Sie haben bedenklich nahe am Wodka gebaut. Sie wissen das. Sie haben sich in eine gigantische Aufbauleistung gestürzt, um die Ursache für ihre Wodkafreudigkeit unter Kontrolle zu halten; sie verfügen über ein Bildungswesen, um das sie Europa beneidet; sie haben Maßstäbe in der Kommunikationstechnik gesetzt, gehören aber zu den stillen Völkern; auf den Rennstrecken der Welt lehren sie ihre Gegner das Fürchten oder die Resignation, in der unmittelbaren Begegnung sind sie zurückhaltend; man versuche, ihnen die Sauna zu nehmen, und sei dann sicher, dass man den Tag verflucht, an dem man auf diese Idee gekommen ist; sie bauen die besten Eisbrecher der Welt, benötigen für den höchst erreichbaren Grad an Entspannung beim Eisangeln aber nur ein kleines Loch im Eis; sie leben in einem eher flachen Land, setzen aber die Welt regelmäßig mit ihren milchgesichtigen Skifliegern in Erstaunen; sie leiden darunter, dass kaum ein Mensch von außerhalb sie in ihrer Muttersprache direkt ansprechen kann, also sprechen sie die Welt mit Design, Architektur, Musik und der Gemütlichkeit ihrer Holzhäuser an; sie reden von ihrem Land häufig mit Geringschätzung, aber sterben möchten sie daheim.

Was los sei, fragt Kellenhusen-Junior den Senior.

Da sei gerade Finnland vorbeigegangen, antwortet der Senior tonlos.

Wieso das? Hä?

Der Senior versucht zu erklären. Seit einem Vierteljahrhundert schaue er ein Jahr lang, häufig auch länger, Schülern ins Gesicht. Er habe in Gesichtern zu lesen gelernt, Texte in einer Sprache, die nicht auf Papier zu bringen sei.

Reichlich zweitausend Elterngespräche hätten das Ihre beigetragen. Er tue, was wie Vorurteil aussehe, und in der Tat, bevor sich etwas zum Urteil verfestige, wolle er es als Empfindung sprechen lassen. Der Blick dieses wandernden Alkoholikers habe sehr viel Finnland-Text enthalten. Einiges spüre er nur, habe es aber noch nicht ergründet. Er wisse auch nicht, ob er es überhaupt könne, aber er werde es versuchen, er habe da so seine Erfahrungen.

Der Junior hat ein ungutes Gefühl, aber weiß auch, dass der Senior nicht spinnt, gelegentlich aber ein wenig rätselhaft sinniert.

Überraschend für den Junior: Er solle jetzt fahren, von den 212 PS aber 160 ruhen lassen.

Das Land um Lieksa und Nurmes. Hier wurde Elias Lönnrot fündig. Er ließ sich erzählen, vorsingen, schrieb auf und ordnete. Nach vollbrachter Arbeit: Kalevala, das mythisch durchwirkte finnische Nationalepos. Kalevala, für ein begeistertes Millionenpublikum aufbereitet: 'Der Herr der Ringe'.

Jukka. Jukka und das Höllenfeuer – Tulikivi – gehören zusammen. Der Stein, aus dem die Öfen gebaut sind, in denen das Höllenfeuer brennt – hier bei Jukka. Der Stein: weich, außerordentlich schwer und bis in die höchste künstlerische Formung zu bearbeiten. Der Dom zu Trondheim.

Die Öfen aus diesem Speckstein sorgten beim Westkarelier für eine gewisse Bodenständigkeit. Zerbröselten nach Generationen die Holzwände um die Öfen, ließ man die

Öfen an Ort und Stelle und baute alles andere neu auf. Ein Volk mit Focus.

Kerimäki. Die kurios ins Übermaß geratene Kirche. Angeblich in Amerika auf Fuß-Basis entworfen und in Finnland irrtümlich in Metern ausgeführt. Das Fassungsvermögen der Kirche, durch drei geteilt, ergibt, wohlwollend gerechnet, die Einwohnerschaft von Kerimäki.

In der Kirche hat sich eine kleine Gemeinde von vielleicht dreißig Menschen versammelt. Sie feiern nach dem finnisch-orthodoxen Ritus eine Art Konfirmation. Hell klingender Mädchengesang, russische Stimmbildung.

Im Turm der Kirche eine Ausstellung von Jussi Tukiainen. Seine Kunst wird bewundert, aber wenig gekauft. Finstere Szenen, düstere Aussagen. Ein Bild: Aus dunklem Hintergrund reckt sich dem Betrachter eine helle Faust entgegen, der Daumen ist aufgerichtet, auf seiner Unterseite steht rot geschrieben: Jesus. Gedanke an den wandernden Wodkaträger. Das alles im Turm der Kirche von Kerimäki.

Draußen, in der Nähe der Kirche, eine kleine Baustelle. Sandhaufen, Steinhaufen, eine Lage Holz, Baugeräte. Das Bild beherrschend: ein älterer LKW, einfacher Kipper. Direkt vor der Motorhaube des LKW hat sich ein Brautpaar in Pose gebracht, um sich ablichten zu lassen.

Was das denn sei, will der Junior wissen.

Der Senior empfiehlt ihm, sein Fernglas zu nehmen. Aus unauffälliger Position solle er versuchen zu entziffern, wie das Wort oberhalb des Kühlergrills lautet. Er entziffert: Sisu

Und, was das nun wieder solle.

Das sei ein finnischer Lastwagenhersteller. Sisu bedeute: Kraft, Zähigkeit. Und Sisu sei das, was sich finnische Neuvermählte für ihre Ehe wünschten. Deswegen sei ein Hochzeitsbild mit einem Sisu-Lastwagen in Finnland sehr beliebt. Das seien übrigens Fakten und keine Spinnereien.

Ja, ja. Merkwürdig sei's halt schon.

Retretti. Sie haben Skandinaviens bedeutendstes Zentrum moderner Kunst in die Erde gegraben und einen Konzertsaal in Granit gesprengt. Jukka-Pekka Saraste dirigiert Sibelius' 'Ritt durch die Nacht und Sonnenaufgang' oder 'Historische Szenen' – allein schon die imaginierte Szene gibt Echo: Nach Jahrhunderten der Unterdrückung und Abhängigkeit zieht es sie auf der Suche nach ihrem Wesenskern in den Untergrund. Der Felsendom in Helsinki, Temppeliaukio Kirkko, Kellenhusen bislang nur vom Hörensagen bekannt, entwickelt hier im Konzertsaal von Retretti ungeahnt eine starke Anziehung. Man wird sehen.

Punkaharju. „Und das Wasser ward geteilt. Die Israeliten gingen nun mitten durch das Meer im Trockenen. Und die Wasser standen als Mauer zur ihrer Rechten und Linken."

Zielrichtung Helsinki.

Savonlinna. Die Olafsburg, steinharter Ehrgeiz im Wechsel, mal finnisch, mal russisch.

Lahti. 25 Grad, Sonne. Das dreitürmige Allerheiligste des finnischen Skisprungs. Auf dem Parkplatz davor eine Mini-Suzuki, im Raummaß vielleicht zweieinhalb mal so groß wie der Helm des Fahrers. Der Helm befindet sich in einer Plastiktasche. Die Plastiktasche ist durch ein Schloss mit dem Hinterrad fest verbunden.

Im Waldfinnland konnte man es schon sehen. Jetzt, da sich das Land nach Südwesten öffnet, wird es offenbar: Nach der schweren Depression in den späten Achtzigern ist das Land der Finnen völlig umgebaut und steht modern da.

Helsinki.

Helsinki an einem Freitagabend im August: eine Stadt im Ausnahmezustand. Erster Gedanke des Mitteleuropäers: Nationalfeiertag? Irrtum. Die kleine Frühlingsanemone oder das Weideröschen weit draußen, irgendwo im hohen Norden, sie haben es eilig, sie stürzen sich mit all ihrer bunten Kraft in den kurzen nordischen Sommer. Die Menschen tun es ihnen gleich.

Die Lebensart-Infrastruktur ist zusätzlich zu dem, was Europas Szenestädte bieten, auch noch modern und sauber.

Eine Fußgängerstraße bietet Vivaldi, die Kreuzung mit der nächsten Jazz, ein Brunnen lässt die Beatles erklingen, auf einem Kanaldeckel steht ein Klavier: Rachmaninoff.

Der Junior: Wie das wohl unten drunter klinge?

Der Senior: Rachmaninoff unten drunter, das sei in der Tat eine gute Frage.

Am späteren Abend: An den Rändern rauht die Lebens-

freude etwas auf, entgleiten ihr ein wenig die Gesichts-
züge. Friedlicher Suff unter einer Laterne, schwankendes
Lallen an einer Ampel, Entladung an einer Hausecke.
Kaum Aggression.

Samstag. Sonne, 27 Grad. Der Markt am Hafen. Zurecht
legendär. Eine Regatta im Hafenbecken. Ein- und aus-
laufende Riesenfähren in Weiß, Blau, Rot. Vollbesetzte
Bänke, alle Sonnenbrillen dieser Welt und noch mehr
Handys. Wohlschmeckendes Mittagessen in Skandinaviens größtem Kauftempel.
  Junior und Senior einigen sich auf die Regie.
  Temppeliaukio Kirkko, die Ouvertüre, Seniors Angelegenheit. Die Straße steigt leicht an, am Ende, geduckt,
Schildkröte auf kleinerem Felsblock, Temppeliaukio
Kirkko. Diese Kirche mit ihrem Schildkrötendach wird
von den kreisförmig sie umgebenden Wohnhäusern, rot,
weiß und gelb, deutlich überragt. Man kennt es eher an-
dersherum. Die Verbindung zu Retretti steht. Wieder ist
ein kultischer Raum in den Granit gehauen, hier aber ist
für Licht gesorgt. Man kennt aus aller Welt Kirchendächer,
mit Kupferplatten belegt. Einzigartig wohl die finnische
Variation der Kupferverwendung beim Kirchendachbau:
22 Kilometer gewickelter Kupferdraht sind der Kern des
Daches. Die Wände sind unbearbeiteter Granit, so, wie
ihn die Sprengung hinterließ. Spiritualität, nicht gotisch
himmelstrebend, sondern, wohl finnisch, der inneren Tran-
szendenz zustrebend. Kellenhusen muss sich setzen. Lange
sitzt er da. „Wer der Betrachtung lebt, wird nicht irgendwo,
sondern im Tempel angetroffen." Er hat das Muster in seine
Bilderwelt eingebaut. Jetzt kann er Finnland verlassen.

56

Der Junior hat Temppeliaukio Kirkko photographisch erkundet und erfasst. Wie er das finde, fragt er den Senior. Die beiden Nachbargrundstücke kaufen, auf eines eine Stabkirche, auf das andere Temppeliaukio Kirkko, verwirrt dieser den Junior.

Kellenhusen senior ist nun frei für passive Teilhabe am touristischen Programm, das der Junior ausgeheckt hat. Es beginnt ein stundenlanger Marsch zu allem, was die akribische Vorbereitung des Juniors verlangt. Mit Synopse vom Turm des Olympiastadions aus. Abendlicher Höhepunkt der raumgreifenden Erkundung ein besonderer Kontrast: die weiße Strenge des Doms und der schwelgende Glanz der russischen Ikone in der Uspenski-Kathedrale.

Es dunkelt merklich, aber den Junior drückt's noch. Er muss nach Suomenlinna, um von dieser vorgelagerten Insel Helsinki bei Nacht in die Kamera zu bekommen.

Das Boot nach Suomenlinna ist eigentümlich dicht besetzt, niemand setzt sich dem Wahnsinn aus, irgendwelche Tickets zu kontrollieren.

Rundgang auf der mittlerweile dunklen Insel, auffällig viele Leute, in Erwartungshaltung.

Plötzlich zwei dunkle Gestalten von links und rechts: „Stop!"

Kellenhusen: „Why?"

Eine dunkle Gestalt: „To dangerous."

Kellenhusen: „???"

Die andere dunkle Gestalt auf Deutsch-Englisch: „Hier ist finnische championship in, wie sagt man, firework."

Die Kellenhusens sind sich nicht sicher, ob ein Vokabelfehler, Hörfehler oder sonstwie gearteter Sinnfehler vorliegt. Er liegt nicht vor. Die deutsch-englische Dunkelgestalt bekräftigt: „Wir machen viel Bum. Da vorne ist viel Munition. To dangerous."

Unerwartete Notwendigkeit, Erlebnisroutine und Erwartungshaltungen innerhalb von Sekunden neu zu füllen. Man überspielt die einige Momente währende Mühe und gibt sich gefasst. Die deutsch-finnische Irritation ist beigelegt. Mit Tipps, von wo man am besten zuschauen könne, wird man in die Nacht entlassen. Jetzt hat man's auch tatsächlich begriffen.

Die Meisterschaft. Offensichtlich vier Mannschaften. Ein Beitrag ist in Aufbau und Aussage überraschend klar, zumal die Befestigungsanlagen von Suomenlinna mit einbezogen werden.

Mit viel Bum und noch mehr Licht- und Farbspektakel wird augenscheinlich eine historische Situation zwischen Finnen und Russen nachgestaltet.

War das jetzt der Höhepunkt? Lieber nicht festlegen, man ist gewarnt.

Der folgende Sonntag bringt den Abschied von Finnland. Für 18 Uhr ist die Abfahrt mit dem Finnjet vorgesehen. Die Zeit bis dahin nutzen die beiden Kellenhusens für getrennte Wege. Der Senior hetzt bei beträchtlichen Außentemperaturen noch einmal zur Temppeliaukio Kirkko. Leider ist sie durch eine der zahlreich in ihr stattfindenden Hochzeitsfeiern blockiert. Na denn man viel Sisu.

Vielleicht hat er mehr Glück mit der Suche nach einer Ikone für seine Kellenhusin. Im Hafengebiet wird er bei zwei polyglotten Damen fündig. Ein Pantokrater und eine Madonna auf einem hölzernen Osterei. Die Madonna hat nicht den roten Schleier aus der russischen Ikonographie, sondern einen grünen als Zeichen dafür, dass sie im Exil gemalt wurde – in Uusi Valamo.

Der Rest ist Warten am Anlegeplatz des Finnjet. Ein merkwürdiger Konvoi hat sich hier eingefunden: zwei weiße Ford Scorpio, zwei weiße Geländewagen, Toyota, die große Version, und, dezent ein wenig abgesetzt, ein Mercedes G-Modell, 320 GE, dunkelgrün metallic, Leichtmetallfelgen, verchromter Kuhfänger, der Fahrer trägt Kurzhaarfrisur mit Sonnenbrille, schwarzes T-Shirt, seine Arme lassen auf einen durchtrainierten Körper schließen, auf dem Beifahrersitz eine mondän gestylte Dreißigerin. Die Fahrzeuge tragen russische Kennzeichen. Die vier weißen Fahrzeuge weisen an den Vordertüren ein auffällig großes und in seiner Aussage diffuses Emblem mit kreisförmig angeordneter Beschriftung auf: Police Academy, Republic of Free Karelia. Der Mercedes ist neutral. Aus dem Schiebedach eines der Scorpios ragt eine große russische Fahne heraus, der Wind im Hafen von Helsinki verhilft ihr zur optischen Wirkung. Die Insassen sind in grüne Trainingsanzüge gekleidet, sie treten nur in Gruppen auf. Verbrüderungen mit Angehörigen des Nachbarvolkes hat man nicht gesehen. Von Osten fällt ein Schatten in den Hafen.

Von Südwesten biegen immer wieder vorsichtig die Riesenfähren um einen Landvorsprung in den Hafen ein: die zartfühlende Vorsicht des Elefanten, der bei der Domptur die zerbrechliche Prinzessin auf seinem erhobenen Knie trägt.

Finnische Außen – und Wirtschaftspolitik: Der Finnjet läuft nicht mehr Travemünde, sondern das etwas näher liegende Rostock an. Das schnelle Schiff will nicht die Reisezeit nach Deutschland verkürzen, sondern Zeit schaffen für das Anlaufen des Hafens von Tallinn.

Nach dem Verlassen des Hafens von Tallinn und der estischen Hoheitsgewässer tauchen die grünen Trainingsanzüge auf und bescheren der Spirituosenabteilung des bordeigenen Shops ein besonders gutes Geschäft. Die Nacht auf einem Fährschiff kann lang sein.

Rostock. Der deutsche Zoll. Da Republic of Free Karelia immer noch nicht von seinem Fahnenkult lassen kann und es in den Fahrzeugen deutlich lauter ist als in Helsinki, kann es sich Kellenhusen nicht verkneifen. Da komme gleich ein Konvoi 'Freunde', deren Fahrtüchtigkeit ein Thema sein könne. Die politischen Konnotationen des Wortes 'Freunde' verfehlen ihre Wirkung auf den MekPom-Beamten nicht. Im Rückspiegel sieht man den Konvoi ausscheren, der grüne Mercedes sucht sich ein Plätzchen etwas abseits.

Der Himmel über Rostock ist gegen 19 Uhr milchig, nach Süden hin dunkel. 30 Kilometer freie Fahrt für freie Bürger, dann sind sie wieder alle gleich und stehen im Stau. Holprige Umwege, man lernt für Momente Fehrbellin kennen. Dann wieder BAB, diesmal mit schwerem Unwetter und Erdrutsch. O tönet fort, ihr süßen Himmelslieder! Die Träne quillt, Deutschland hat mich wieder!

Vierte Bilderreihe

Italien

Schichtwechsel. Sommer, Sonne, Strand – das der Schlachtruf der Kellenhusen-Frauengruppe, kaum dass die Männergruppe wieder daheim ist.

Aus den technischen Vorbereitungen hält sich Kellenhusen heraus. Man gesteht ihm das zu, denn er ist es, der ein 12-Meter-Urlaubsgespann nach über zehntausend Nordlandkilometern über die Alpen nach Porto Recanati drücken darf.

Der Süden ist Kellenhusen fremd geworden. Ein Vierteljahrhundert zuvor hat er die Autofahrt von Münster nach Agrigent genossen, irgendwie auch mythisch bewegt.

„War es die wahlverwandte Natur selbst, die in meiner Brust ihr Echo suchte und sich gern darin bespiegelte...? Ich weiß nicht, aber ich glaube, auf der Terrasse zu Bogenhausen, im Angesicht der Tiroler Alpen, geschah meinem Herzen solch neue Verzauberung. Wenn ich dort in Gedanken saß, war mir's oft, als sehe ich ein wunderschönes Jünglingsantlitz über jene Berge hervorlauschen, und ich wünschte mir Flügel, um hinzueilen nach seinem Residenzland Italien. Ich fühlte mich auch oft angeweht von Zitronen- und Orangendüften, die von den Bergen herüberwogten, schmeichelnd und verheißend, um mich hinzulocken nach Italien."

Kellenhusen steigt hinab, er versenkt sich in den Schmelz seiner frühen Italiengefühle. Kein Jünglingsantlitz, keine

Zitronen- und Orangendüfte. Aber er saß auf dem Balkon seines Elternhauses im gelegentlich grauen Westfalen und lauschte dem Wind, wenn er abends aus Süden kam. Viel später bestätigten ihm norwegische Bauern im Gudbrandsdalen, dass stimmt, was er immer empfand: Der Wind aus dem Süden klingt voll, hat einen tief heulenden Unterton. Dazu das Bild von zwei gelben Baukränen, deren Ausleger bei Südwind nach Norden weisen. Über allem eilig nach Norden ziehende dunkle Wolken.

Ferienfahrt nach Italien, noch unter elterlicher Obhut:

Die ersten bayerischen Zwiebeltürme wandelten die Fahrt nach Süden zur Reise. Innsbruck ließ einen ersten mediterranen Hauch spüren. Auf dem Brenner waren es die Stationsgebäude, die mehr als aller Grenzfirlefanz signalisierten: ab jetzt nicht mehr Mitteleuropa. Dann senkt sich vom Brenner die Straße auf mehr als 200 Kilometern hinab, bis bei Garda oder Bassano del Grappa die letzten alpinen Faltungen in die Poebene auslaufen, das Land weit wird, die Besiedelung dicht, und die Temperatur um mehrere Grade ansteigt. Felix Dahn, Welschland. Städte, Landschaft, Meer sind jetzt nur noch Dreingabe.

Das 12-Meter-Gespann südwärts. Das Radio empfiehlt, den Brenner weiträumig zu umfahren. Die Nordtiroler blockieren die Brennerstraße und – autobahn. Nun denn also Fernpass, Reschenpass. Die Vorgefühle aus Innsbruck und vom Brenner stellen sich auf dieser Route nicht ein. Ab Bozen-Süd stimmt's dann aber. Noch vor Trient die elektronische Nachricht an das Autofahrervolk: bis Affi alles dicht. Somit denn durchs Val Sugana Richtung Padua. Hinter Bassano del Grappa dann doch noch das von früher bekannte Die-Germanen-betreten-die Poebene-Empfinden. Aber erst Padua – Bologna bringt die echte Räumlichkeit der Ebene. Bologna 37 Grad.

Bologna – Porto Recanati 234 Kilometer.

Porto Recanati. Sommer, Sonne Strand.

Die Frauengruppe nimmt den Strand in Besitz, Kellenhusen nimmt ihn zur Kenntnis. Kellenhusens Schwimmabsichten sind anders ausgerichtet. Er erwirbt einen COR-RIERE DELLA SERA und stürzt sich in die Wogen des italienischen Journalismus – fest den Rettungsring des Wörterbuchs im Griff.

Der italienische Campingnachbar findet Interesse an dem deutschen Triptychon aus Mensch, Zeitung und Wörterbuch. Er lässt einen Tag vergehen, bis er Kellenhusen in ein Gespräch zieht.

Kellenhusen hat bestenfalls für Mittelstrecke trainiert, aber der italienische Nachbar geht auf Langstrecke und Kellenhusen muss seine Kräfte einrichten. Der Italiener weiß offensichtlich intuitiv, welche Rolle er in diesem parlando permanente zu spielen hat und macht den Schwimmlehrer. Die familiären Verhältnisse erfahren eine angemessene Würdigung, die Unfähigkeit der italienischen Justiz wird gegeißelt, empört wird kolportiert, dass in Bologna 15-jährige Albanerinnen, die sich illegal in Italien aufhalten, auf den Strich gehen – das in einem eigentlich kultivierten Land wie Italien, Forlí, woher er komme, sei zum Glück noch nicht betroffen -, er habe früher als Vertreter für eine deutsche Firma gearbeitet, die Getreidemühlen hergestellt habe – das sei eine sehr gute Zeit für ihn gewesen, heute betreibe er ein kleines Transportunternehmen, er sei soweit zufrieden, er beklagt die mangelhafte Qualität bei FIAT, die Rostanfälligkeit sei skandalös, mit seinem Golf, den er jetzt fahre, gebe es überhaupt keine Probleme, und er streicht liebevoll über den silbermetallicfarbenen Lack seines Autos, außerdem stünden die italienischen Dörfer und Städte bei jedem stärkeren Regenguss unter Wasser, das Kanalsystem sei eine Schande. Zum Thema Lackqualität bei VW, Hochwasser und allgemeine wirtschaftliche Lage kann Kellenhusen etwas beisteuern.

Nach zweieinhalb Stunden bedankt sich der Italiener für das sehr interessante Gespräch und macht Kellenhusen ob seiner Italienischkenntnisse ein nettes Kompliment.

Kellenhusen ist erschöpft, nicht nur von der Hitze steht ihm der Schweiß sonst wo.

Weitere Übungen im CORRIERE DELLA SERA. Anwendung: Einholen von Informationen über das Telefonieren per Handy von Italien nach Deutschland in einem örtlichen Handyshop.

Der Campingplatz ist ein Campingplatz mit Animation. Fluch und Segen. Südliche Lebensfreude begreift sich nicht mehr über Atmosphärisches, sondern über Dezibel. Aber immerhin, in der EU-vereinheitlichten Unterhaltungswertigkeit kommen sich die Pubertierenden leichter näher. Nach außen hin.

Kellenhusen ist urlaublich milde gestimmt und dehnt

'Animation' auf den samstäglichen Gottesdienst auf dem Campingplatz aus. Er entlässt sich aus der Pflicht, den Wortsinn der Predigt verstehen zu müssen. Der junge italienische Priester auf einem Campingplatz an der Adria, der betagte, aber lebhafte tschechische Alttestamentler in der Prager St. Michaelkirche und der versonnene schwedische Pfarrer in der kleinen Holzkapelle an der norwegisch-schwedischen Grenze zur Weihnacht – sie alle hat Kellenhusen dem Wortsinn nach nicht verstanden. Beglückenderes Wort Gottes aber hat er seit langem im eigenen Land nicht vernommen.

Sommer und Strand, aber keine Sonne. Ausflug ins Land. Bei Gubbio hat der Himmel fast die Finsternis des Kathedraleninneren erreicht. Zwischen Gubbio und Perugia sprechen die Elemente ein deutliches Wort. In Deruta spielt sich der Keramikverkauf neben der Reinigung der überfluteten Geschäftsräume ab. In einem der Geschäftsräume hat ein roter Ferrari 348 Zuflucht gesucht. Für Assisi ist das Wetter zu schlecht und der Tag zu weit fortgeschritten. Rückzug an die Adria: Sommer, Regen, Straße.

Am nächsten Tag Wetter wieder Italienklischee. Zweiter Exkursionsversuch.

San Benedetto del Tronto. Sonne, Palmen, bell' epoque. Schön.

Hinauf Richtung Acquaviva. Ein Friedhof mit Kassettengräbern. Keine gute Luft. Während der Hinunterfahrt immer wieder Meeresblick, irgendwie antik.

Ascoli in Piceno. Wegen seiner Lage etwas düster, wirkt

ursprünglicher als alles bisher Gesehene, fast berührt man sich.

Über die Staatsstraße 78 Richtung Macerata. Etwas mühsam, da kurvig; schnell einfallende Dunkelheit. Auch ohne Dunkelheit: keine innere Berührung mit der Landschaft.

Bei Ankunft auf dem Campingplatz treiben die Animationspriester den Ritus gerade seinem Höhepunkt zu.

Nachts um vier am Strand. Blick nach Osten. Tobendes Wetterleuchten. Muss über Kroatien sein. Schaudern.

Heute will es Kellenhusen wissen. Die Frauen gehen zum ganztägigen Grillfest, Kellenhusen fährt nach Imola. Nicht der Rennstrecke wegen. Er schaut nordwestlich von Imola zunächst bei Maria in Madonna di Piratello vorbei. Dann hinauf nach Dozza. In der Umgebung von Dozza sucht er eine geeignete Stelle, von der aus er ungestört in die Emilia Romagna hinabschauen kann. Er hat Zeit und findet, was er sucht. Bis zum Beginn der Dämmerung liest er in einem Campingstuhl sitzend eine Mischung aus Baedeker, auto motor und sport und Manfred Fuhrmanns 'Seneca und Kaiser Nero'. Zwischendurch schaut er immer wieder in die Ebene hinab, in die Emilia Romagna, bis die Lichtverhältnisse in etwa Rhodos/Musa Dagh entsprechen. Dann legt er alles aus der Hand und schaut nur noch.

Griechenland, die Wiege des Abendlandes. Dabei sieht Griechenland mit seinem zerfurchten Angesicht überhaupt nicht nach Beginn und Aufstieg aus. Eher nach den Anstrengungen des Denkens.

Die Emilia Romagna, überhaupt die Poebene, eingerahmt von zwei Gebirgen, das topographische Bild einer Wiege, mehr noch, wegen der Öffnung des Podeltas, das Bild eines Schoßes. Po, Rhein, Wolga, Roter Fluss, Mekong, Jangtse, Ganges, Nil, Amazonas. Sorgte Griechenland für das Aufleuchten der Idee, ermöglichte die Poebene den geistigen Akt. Zehnte Klasse: „Können Sie uns mal den Unterschied zwischen Seele und Geist erklären? Im Religionsunterricht klingt das immer so nach Kirche." Die Seele sei das Wasser unter dem Wüstenboden. Der Geist schaffe die Möglichkeiten, das Wasser an die Oberfläche zu holen. Die grün werdende Wüste sei das Leben. Kellenhusen weiß, dass das jetzt nicht genau passt, aber es passt eben doch. Vergil aus Mantua sucht alle lateinischen Wörter zusammen und schafft das römische Nationalepos. Zahllose Baumeister türmen Steine aufeinander und erheben zwischen Turin und Ravenna Städtebau zur Kunst. Amati, Guarneri, Stradivari, sie besorgen sich Holz und schaffen den Weltklang der Geige. Fleisch, Milch und Trauben werden nicht nur in der Region Parma unter intuitionsgesegneten Händen zu legendären Köstlichkeiten. Ducati, Maserati, Ferrari, Lamborghini, Zonta, Edonis, beheimatet im Autotop zwischen Modena und Bologna, greifen sich einen Haufen Metall und zaubern eine unnachahmliche Synästhesie aus Linie und Klang.

An Lamborghini bleiben Kellenhusens schweifende Gedanken hängen.

Lamborghini, ein Landwirt, baut unmittelbar nach dem Krieg aus unbrauchbaren Militär-LKW Traktoren. Später macht er sich als Produzent von hochwertigen Weinen einen Namen. Dazwischen baut er zwölf Jahre lang Autos. Bereits drei Jahre nach Beginn der Autoproduktion steht er da, der Miura, die Ikone italienischer Autoschmiedekunst. Enzo Ferrari wird angesichts des Erfolges dieses Bauers blass. Lamborghini reizt den Commendatore aus Modena zusätzlich mit einem Detail: Der Zwölfzylinder des Miura ist so frei von Vibrationen, dass eine senkrecht auf dem Motorblock stehende Zigarette unter allen Betriebszuständen ihre labile Stabilität bewahren kann.

1975 verkauft Lamborghini und wendet sich der Textilproduktion zu. Ferrari ist noch immer angekratzt. 12 Jahre haben gereicht, aus dem Namen eines Bauern eine Legende zu machen. Ferrari, sein Zeichen: das springende Pferd. Enzo Ferrari: hochaufgeschossen, dunkle Sonnenbrille, schwierig und unnahbar, barsch oder schweigsam, kompromisslos und unversöhnlich, arrogant und verletzend, verletzlich und unberechenbar – ein Patriarch archaischen Zuschnitts.

Lamborghini, sein Zeichen: der angriffslustige Stier. Ferruccio Lamborghini, gedrungen kräftige Gestalt, ein Bauer, offen und zugänglich, lebhaft, jovial, mitunter derb, vital und gerissen, instinktsicher, Vergnügen an der kleinen oder auch etwas größeren Intrige, diebische Freude unverhohlen genießend – ein autarker Pragmatiker.

Ferrari und Lamborghini, es klingt italienisch, modern, gegenwärtig oder auch einfach nur autoversessen. Es dämmert aber noch etwas mit herauf: römisches Wesen. Ferrari verkörpert den cäsarisch-imperialen Gestus, Lamborghini den bäuerlich-praktischen. Ferrari, sentimental der Idee des Dynastischen anheimgegeben; Lamborghini, sich nüchtern der Leistung des Söldners bedienend.

Die Gedanken reißen ab. Die Ebene liegt hinter der Dämmerung und hat sich Lichter aufgesetzt. Die Ikonostase ist vollendet. Vom Apennin weht ein milder Wind hinab.

Bereits nach Mitternacht in Porto Recanati, Campingplatz. Zu erklären, was er bei Imola gemacht habe, hat noch weniger Aussicht als der Versuch am Morgen zu erklären, was er bei Imola vorhabe. Die Kellenhusin kennt ihren Kellenhusen. Sie weiß: Er wird reden.

Hinauf nach Loreto, Santa Maria d'Assunzione. Die Töchter pflegen seit einiger Zeit sich und andere mit dem Wort 'Spast' zu bedenken, gedankenlos, aber absichtsvoll. Man hat's im Guten versucht, man hat Strenge walten lassen – die Mode ist stärker. Die zwei spastisch Gelähmten im Rollstuhl vor Santa Maria d'Assunzione haben die vor Gesundheit strotzenden Töchter von ihrem Wortgeschwür geheilt.

Im Anschluss an Loreto nach Iesi. Sei eine schöne Stadt, sagte jemand, dessen Großmutter aus Iesi stammt. Stimmt. Am besten aber kommt die viereckige Pizza an. Nach dem Verzehr lässt man sich in die Trägheit des Verdauens fallen. Die Jüngste fragt unvermittelt: „Sieht das mit diesen Kranken immer so schlimm aus?" Das sei noch gegangen, wird ihr beschieden. Aufstöhnen. Drei Stunden später fragt die Mittlere, was das überhaupt noch für ein Leben sei. Sie solle sich um einen kümmern, dann wisse sie es. Sie glaubt, das könne sie nicht. Dann solle sie es damit gut sein lassen, in Zukunft den Rocksaum ihrer Sprache etwas anzuheben, damit nicht jeder Dreck dran hängenbleibe. Die Älteste sagt zu diesem Thema nichts, zeigt aber tagsdarauf zwei zerrissene DIN-A-4-Blätter. Diesen Brief habe sie nach gestern so nicht mehr abschicken können.

Sonntag. Eine besondere Form der Marienverehrung zieht Tausende in ihren Bann. Die 'Freccie Tricolori' begehen ihren achtzigsten Geburtstag. Ihre Schutzpatronin ist Maria als die himmelwärts Fahrende. Zusammen mit zwei weiteren Kunstflugstaffeln aus England und der Ukraine donnern sie über dem Strand von Porto Recanati und in Sichtweite von Loreto ihre akrobatische Verehrung an den Himmel. Kellenhusen muss plötzlich lachen. Es ließ sich nicht verhindern, er denkt an die Marienverehrung daheim.

Heimreise. Bei Imola öffnet der Himmel seine Schleusen, zwischen Bologna und Modena geht's zäh, die feuchte Hitze klebt allüberall. Das Val Laga empfängt die Reisenden mit einer kühlenden Umarmung. Bei Trento – N. runter von der autostrada, mal 'n bisschen bewusster durch die Salurner Klause. Sprachgrenze, hat doch immer etwas Magisches. Weiter auf der Staatsstraße 12 nach Norden. Im Schwung vorbei an einem Schild, das Südtiroler Schinken anpreist. Stelle suchen, wo das 12-Meter-Gespann gewendet werden kann. Am Wendepunkt die längst überfällige Frage aus der Töchterriege: „Was machen eigentlich diese Frauen da in den Obstplantagen, die sind ja alle schwarz?" Kellenhusen redet was von schwarzen Perlen vor die weißen Säue. Was das jetzt wieder solle. Das solle, ereifert sich Kellenhusen, dass es den

71

Handel mit der Ware Mensch nicht nur im Fernsehen gebe. Und das solle, dass die Obstplantagen vor ihren Augen der Strich seien, auf den die Afrikanerinnen hier gehen müssten. Die seien ja voll hübsch, empört sich die Älteste. Man könne auch Hässliche haben, wenn man drauf stehe, ergänzt Kellenhusen missmutig. Er wolle jetzt aber trotzdem Südtiroler Schinken kaufen.

Übernachtung bei Frau Christof in Eppan-St.Michael. Man kennt sich seit über 40 Jahren. Hier bei Frau Christof hat für Kellenhusen vieles begonnen.

Er war noch nicht acht, als es zum ersten Mal nach Eppan ging. Die Erinnerungen sind merkwürdig genau. Er hatte mitbekommen, dass es in Südtirol Bombenanschläge gegeben hatte, und ihm war erklärt worden, dass die Südtiroler nicht zu Italien gehören wollten. An die erste Linkskurve auf der Brennerstraße oberhalb von Innsbruck, rechts von der Bergisel-Schanze, heftet sich die erste Erinnerung: Auf der mit großen Steinen gepflasterten Stützmauer der Kurve stand in weißen Buchstaben „Freiheit für Südtirol". Das wiederholte sich dem Brenner zu. Es war ein regnerischer Tag. Die italienischen Grenzbeamten wirkten auf ihn unheimlich.

Hinter dem Brenner nahm der Regen zu. Der starke Verkehr und die Lichtreflexe von der nassen Fahrbahn setzten der steuernden Mutter so zu, dass in Sterzing eine außerplanmäßige Übernachtung eingelegt wurde. Es fielen ein zwei Sätze darüber, dass der Vater ja nun leider keinen Führerschein habe.

Auch der folgende Tag war regenverhangen. Aber der Empfang durch Frau Christof war der Eintritt in die Fe-

rienwelt, da konnte das Wetter noch so schlecht sein. Er
spürte damals schon genau: Das war nicht so sehr ein
freundlicher Empfang, sondern Frau Christof war ein
freundlicher Mensch. Deswegen fühlte er sich in ihrem
Haus sofort wohl, ja, fast daheim. Durch Erziehung der
scheuen Seite seines Wesens verpflichtet, war Frau Christof eine Art Erlösung für ihn, zumal sie, gut 100 Kilometer hinter der Grenze, überhaupt nichts gemein hatte
mit den italienischen Grenzbeamten.

Die Leute in Eppan standen damals unter dem Eindruck
eines tödlichen Bergunfalls. Jemand aus der Nachbarge-
meinde St.Pauls war „vom Mendel abgestürzt". Wenn er
sich recht erinnert, war es jemand aus dem Musikanten-
zug, in dem Frau Christofs Mann, der Dada, die große
Pauke schlug.

Als er erste Gelegenheit zur Erkundung von Haus und
unmittelbarer Umgebung hatte, schaute er sich lange den
Mendel an, der sich über Eppan erhebt und in der begin-
nenden Dunkelheit bedrohlich wirkte. Er ließ sich von die-
ser Wirkung umfangen, was u.a. zur Folge hatte, dass Herr
Christof, der wegen einer Besprechung zur Gestaltung der
Trauerfeier erst später am Abend zu Hause erschien, für
den kleinen Kellenhusen mit der Aura des Besonderen, des
Entrückten, des Unnahbaren versehen war. Am folgenden
Abend sah er, wie sich Herr Christof in Uniform mit der
Pauke auf den Weg nach St.Pauls machte. Das festigte den
am Abend zuvor gewonnenen Eindruck.

Einige Tage nach der Ankunft entschloss man sich, zum
Mendelpass hinaufzufahren. Wieder irgendwelche Buch-

staben an den Stützwänden in den Kurven, aber nicht eindeutig zu erkennen. Wie ein kleiner Schock traf es ihn, als der Verkehr plötzlich stoppte und Polizeibeamte zu sehen waren. Ein Unfall hatte sich ereignet. Es kam kein Fahrzeug mehr entgegen. Schließlich näherte sich aber doch ein Fahrzeug, ein grauer Mercedes 220 S mit Frankfurter Kennzeichen und offenem Stahlschiebedach. Die Sonne fiel auf das lachende Gesicht des Fahrers. Hinten im Fahrzeug saßen zwei Personen. Die eine war leicht über die andere gebeugt, deren Gesicht durch einen blutdurchtränkten Kopfverband verdeckt war. Damit war ihm der Mendel endgültig ein Bild für das Lebensbedrohliche.

Oben auf dem Mendelpass verläuft die Grenze zwischen der Provinz Bozen und der Provinz Trient. Fuhr man über diese Grenzlinie, war man im 'richtigen Italien', so wurde ihm gesagt. Das aber konnte nun gerade nicht seinen Gefühlen aufhelfen.

Der Blick aus dem Zimmer, in dem er schlief, wurde für ihn im wahrsten Wortsinne grundlegend. In südöstlicher Richtung stand die Kaserne, in einem Baustil, den er bislang nicht kannte und der ihn an die Bahnhofsgebäude auf dem Brenner erinnerte. In der Kaserne waren die Alpini untergebracht, das hatte er mittlerweile gehört, und er hatte auch schon einige dieser mit ihrem Federhut fremdartig wirkenden Soldaten gesehen. An der Längsseite der Kaserne standen hohe Pinien, die ihm nachhaltig die Vorstellung von dem einprägten, was er für das Italienische hielt. Vor allem um die Mittagszeit, wenn das Zimmer mit den grünen Läden, deren Holzlamellen geöffnet blieben, abgedunkelt wurde, fühlte er das Italienische sehr nahe. Der milde Wind, der in den Obstbäumen und den Weinranken am Haus raschelte, tat ein Letztes. Jetzt war er in Italien, und aus dem Unheimlichen wurde allmählich etwas Verlockendes.

Beim Frühstück fragte er schließlich die Eltern, ob man auch mal richtig nach Italien fahren werde. Das habe man nicht vor, und so verlegte er sich verstärkt darauf, von Frau Christofs Terrasse aus nach Südosten zu schauen, wo sich das Etschtal nach Süden zieht.

Viel später erkannte er: Der Vater, der von sich aus kaum sprach, sowie die nüchterne Mutter, der es um das Praktische zu tun war und immer nur sehr spröde erklärte, warum sie etwas interessierte, hatten ein Vakuum geschaffen, in das hinein sich bei ihm eine intensiv wirkende Eigenheit des Zuhörens und Schauens entwickelte, die seine Wahrnehmung weitreichend formte.

Zu Mittag gegessen wurde gelegentlich im Stroblhof. Dort saß man direkt neben Rebstöcken in einer großen Weinlaube. Am ersten Abend hatte man in einer kleinen Bar etwas gegessen. Er hatte sich ein Omelette mit Konfitüre gewünscht. Das hatte ihm so gut, so italienisch geschmeckt, dass von da an die Speisewahl keine Wahl mehr war, sondern eine von vornherein feststehende Entscheidung. So auch im Stroblhof.

Die strenge häusliche Tischordnung wurde jetzt etwas großzügiger gehandhabt. So wurde es möglich, dass er sich schon vom Tisch entfernen durfte, bevor alle mit dem Essen fertig waren.

Er nutzte die Zeit, um sich die Autos auf dem Parkplatz neben dem Stroblhof genauer anzusehen. Hier standen sie nun, diese italienischen Autos, die anders klangen und auch anders rochen als die Autos zu Hause. Er las: Fiat, Autobianchi, Alfa Romeo. Am häufigsten las er Fiat, am meisten beeindruckte ihn aber ein verchromter Schriftzug in Schreibschrift: Giulietta ti. Zu seinem Erstaunen las er Fiat auch auf einem kleinen Traktor. Der hellgrüne VW mit dem schwarzgründigen BZ-Kennzeichen und der fünfstelligen Zahl sowie dem I-Zeichen auf der rechten Seite der Motorhaube befremdete ihn etwas.

Der unvermeidliche Spaziergang nach dem Essen führte zu den Eislöchern und damit unmittelbar an den Fuß des Mendel. Dort lagen mitten im Wald verstreut große Felsblöcke, von einem „Felssturz", wie es hieß. Dieses Wort in Verbindung mit dem Mendel zu hören, ließ ihn frösteln, zumal als der erste Eishauch, der den Hohlräumen zwischen den Felsblöcken entströmte, zu spüren war. Vorstellungen von Geistern, Kobolden oder sonstigen Fabelwesen waren ihm fremd. Er schaute aber immer wieder zum Mendel hoch und fragte sich still, was es nur mit diesem Berg auf sich habe. Er sprach mit niemandem, und so bekam niemand etwas mit. Versuche, ihm mit der Stimmung dieser Eislöcher etwas Angst zu machen, entsprachen dem Naturell der Mutter, kamen aber viel zu spät und richteten nichts aus.

Allmählich kam er nun Herrn Christof näher. Dieser ging regelmäßig zu bestimmten Uhrzeiten aus dem Haus und kehrte regelmäßig zu bestimmten Uhrzeiten heim. Diese Ordnung half ihm. Herr Christof aber half ihm auch, denn nichts lag diesem friedvollen Mann ferner, als auf Abstand zu halten. Häufig lag Herr Christof auf der Küchenbank, um sich von den Anstrengungen der landwirtschaftlichen Arbeit zu erholen. Seine Stimme war mild, seine Worte nicht bedächtig, aber mit Bedacht gesprochen. Überraschend war immer wieder, dass dieser Ruhe ausstrahlende Mann sich rasch und zielsicher bewegen konnte.

Das sind die ersten Erinnerungen, die Kellenhusen mit Christofs in Eppan verbindet. Dem ersten Ferienaufenthalt bei Christofs folgten in den Sechzigern noch zwei weitere.

Der zweite prägte sich als unverwechselbarer in die Erinnerung ein. Die Anreise fand bei denkbar schlechtem Wetter Ende März statt. Kurz hinter Rottenbuch in Oberbayern kam im Autoradio die Nachricht von der Ermordung Martin Luther Kings. Zu diesem Zeitpunkt ging der Regen in einen nassen Schnee über.

In Südtirol war das Wetter 'italienisch', die Apfelbaumblüte begann.

Zur gleichen Zeit wie Kellenhusens in Eppan hielt sich seine Großmutter mütterlicherseits in Meran auf. Dort verlebte sie ihren achtzigsten Geburtstag, den sie zum Anlass nahm, sich einen Traum zu erfüllen: eine Fahrt nach Venedig. Zu dieser Fahrt lud sie alle jüngeren und jungen Kellenhusens ein, die im Taxi noch Platz fanden. Da es sich bei diesem Taxi um einen Opel Kapitän P6 mit durchgehender vorderer Sitzbank handelte, konnten alle Kellenhusens nach Venedig fahren. Dieser rote Kapitän – mit Gastank im Kofferraum – wurde von Herrn

Somvi gefahren. Herr Somvi war ein freundlicher, etwas fülliger Herr, nicht sehr groß, etwas gehbehindert. Unter Hinweis auf seinen Namen erklärte er, er sei Ladiner („Ich bin ein wenig gebrestig an die Fieß".) Äußerst gekonnt bewegte er den schweren, vollbesetzten Wagen. Da die Kupplung des Kapitän ein wenig rutschte, wie der 15-jährige Kellenhusen alsbald bemerkte, musste Herr Somvi in Erwartung von Überholmanövern oder längeren Steigungen sehr vorausschauend fahren. Bei den immer wieder vorkommenden Vollgaseinlagen drehte er den in einem spitz zulaufenden Schuh sitzenden Gasfuß auf dem nur als Haken vorhandenen Gaspedal hin und her – wie wenn man eine Zigarette ausdrückt. Mit bis zu 140 chauffierte Herr Somvi seine Fahrgäste dem Ziel entgegen. Die Motorhaube flatterte ein wenig.

Schließlich Bassano del Grappa und die Einfahrt in die Poebene. Das Bild blieb haften, mehr als das des reizprallen Venedig.

Von den Ferien vier Jahre zuvor blieb zurück: Der blaue VW 1500 wollte eines Morgens wegen Batterieschwäche nicht anspringen. Der behandelnde Monteur wollte nach Behebung der Unpässlichkeit allen Ernstes das Auto kaufen.

Ab den frühen Siebzigern schlossen sich zahlreiche, häufig spontane, manchmal nur wenige Stunden während Aufenthalte bei Frau Christof an. Aus den vielen ineinander verschwimmenden Besuchen bei Frau Christof wurde im Laufe von mehr als zwei Jahrzehnten ein fester Platz, den Frau Christof in Kellenhusens Leben eingenommen hat. Sie ist in seinem Leben im besten Wortsinn eine 'Institution'. Und deswegen ist er jetzt, bald 50, auch wieder da.

Der Moment, in dem das Kellenhusengefährt die Einfahrt zum Christof-Anwesen verlässt: Die Ferien sind zu Ende. Das innere Auge schließt sich.

Fünfte Bilderreihe

Oberrheingraben

Kellenhusens Problem: Ein Flügel muss ins Haus, in den ersten Stock. Beim Bau des Hauses wurde dieser Fall nicht bedacht. Es bleibt allein das Fenster des Seitengiebels. Da das Fenster zu schmal ist, bleibt nur die Höhe, anders gesagt: Der Flügel muss hochkant rein. Die Verwindungen, die anschließenden Regulierungen – das schmerzt jetzt schon. Und natürlich: Die Querkassette unter den Fensterflügeln muss raus. Mehrfache peinlichst genaue Messungen ergeben eine maximale Höhe von 1,55 Metern. Größte Breite des Flügels: 1,54 Meter. Zusätzliche Aufgabe: Der Dachvorstand des Seitengiebels ist so groß, dass der irgendwie durch die Luft heranzubewegende Flügel zwischengelagert werden muss, bevor man ihn ins Haus ziehen kann.

Mit Nachbar Ralf („Das richtige Autofahren geht erst ab 300 PS los.") wird der Fall beraten. Er ist Statiker.

Aus herumliegendem Bauholz wird ein Turm gebaut, der zumindest kurzzeitig 650 Kilogramm auszuhalten in der Lage sein muss. Ob er's kann, ist nach Fertigstellung nicht mit letzter Sicherheit zu sagen. Die Plattform oben ist jedenfalls in gemäßigter Form als schiefe Ebene ausgelegt, um den Flügel möglichst schnell vom Turm ins Haus zu bekommen.

Der Flügel wird angeliefert. Klüsekamps Autokran steht schon bereit. Klüsekamp sitzt höchstpersönlich an den Hebeln. Der Bürgersteig bevölkert sich. Klüsekamp nimmt den Flügel ungerührt an den Haken, hievt ihn über das Nachbarhaus und setzt das kaum schwingende Instrument trocken auf dem Turm ab, wo ihn der Lieferant und sein Helfer in Empfang nehmen. Gleichzeitig verwirklicht Nachbar Ralf noch laut hämmernd die letzten Ideen, die ihm zur Versteifung des Turms gekommen sind. Die schiefe Ebene ist ein wenig schief geraten, jedenfalls setzt sich der Flügel überraschend leicht und zügig Richtung Fensteröffnung in Bewegung. Es sieht nicht danach aus, dass es diesen einen Zentimeter Luft gibt. Trotzdem gelangt der Flügel ohne Beschädigung hindurch. Männergebrüll. Sie haben ihn.

35 000 Mark an den Lieferanten, 400 an Klüsekamp. Ralf und Frau werden zum Abendessen eingeladen.

Da sind sie nun beieinander. Kellenhusen und sein Flügel. Es ertönt aus Chopins f-moll-Klavierkonzert, was Kellenhusen zu spielen in der Lage ist.

Dieses Klavierkonzert hat er als Zehnjähriger auf einer Schallplatte zum ersten Mal gehört. Eine Aufnahme mit Adam Harasiewicz. Es kamen die Beatles, die Stones, die Bee Gees, die Beach Boys, Procol Harum, die Small Faces, Colosseum, Jimi Hendrix, The Doors, The Nice, Deep Purple, Spooky Tooth, Blind Faith, Cream – sie und noch mehr kamen, aber nach seinem Abitur nahm er als 19-Jähriger Chopin mit auf die Reise nach Argentinien. Als Student kratzte er die letzten Kröten für die Aufführung des Konzertes in der Züricher Tonhalle zusammen. Einen Monat später fehlte dann das Geld für Emerson, Lake and Palmer.

Dieses Klavierkonzert trägt er nun jahrzehntelang mit sich herum. Zwar ist es ruhiger um diese Musik in Kellenhusen geworden, aber er weiß, dass, wenn er einmal den Schlüssel zu seiner Existenz glaubt suchen zu müssen, auch das Gefüge dieses Konzerts seinen Weg bestimmen wird.

Schon jetzt weiß er, dass Musik, die ihn erfasst, ihn deswegen bewegt, weil sie ihm eine Räumlichkeit bietet. Diese Räumlichkeit erfährt er als Heimat. Das gilt auch für Landschaften. Manche Landschaft, das hat er jüngst in Italien erlebt, gestattet ihm nur ein Davorstehen. Andere Landschaften, der Pielinensee, der Geirangerfjord oder ein vom Wasser eines Sees durchfunkelter Birkenwald nehmen ihn bei sich auf. Beethoven ist ihm häufig nur Schauspiel, das er aus dem Zuschauerraum betrachtet, großartig zwar, aber ohne Eingang in eine Räumlichkeit. Der Gruppe Colosseum hat er immer nur Mittleres abgewinnen können, die Valentine Suite aber legt durch die ausgreifenden Solopassagen weite Wege in den Raum hinein. Das gelingt Mozart auch, aber nur beim Requiem, vor allem als musikalische Unterlegung für „Korean Airlines 007".

Kellenhusen erhält einen Anruf von seiner Nichte. Sie ist Schülerin an einem Gymnasium im Allgäu. Sie habe sich auf das Wagnis eingelassen, den Eindruck zu erwecken, sie kenne sich in der westfälischen Mundart aus. Der Deutschlehrer habe ihr nun im Rahmen einer Unterrichtsreihe 'Deutsche Dialekte' aufgetragen, einen Text in westfälischer Mundart zu verfassen. Ob er vielleicht helfen könne („letzte Rettung" usw.)

Kellenhusen ist ein guter Onkel und hilft. Er greift sich den Leitartikel aus der Regionalzeitung vom Tage. Er hat wegen des Dauerschwachsinns im Bundestagswahlkampf ohnehin etwas Lust aufs prollige Politisieren. Also macht er sich ans Übersetzen:

Wenn de dia dat ma richtich reintus, müssde Meakels Anchela jeden Tach draima hiä sozusaachen – ä – Stoßchebeete nach 'n heilign Cherrat schicken. Schrödas Cherrat is ja getz so 'ne Art Hailign vonne Union. In Schröda sein buntet Bealin is dat ja 'n Riesenkuddelmuddel inne Pollitick, drinnen und draußen praktisch, und dat Teata is so vane, dat dat Kaos bei de Union nua so wat wie'n friedliches Hühnagegacka is. Ma chanz ährlich, is doch so, Meakels Anchela waiß doch auch nich so chenau, wo de Dampfa aichentlich hinschch.ppat. Hiä, disse Iraksache, Mann, da kuckt doch kaina duach. Anchela is chanz grelle auf Busch, und dissen Bayan da, de Chauweila, dea find de Pollitick von Busch ziemlich – also dem is chanz kodderich davon. Un iachendwo dazwischen motscht Steubas Eddi rum.Die vonne CDU, die ham aba nich nua bai de Iraksache kaine Kenne. Hiä, Meaz ne, also Fritz von Brilon mein ich, is auch so'n Haini, macht orntlich Druck auffe Sozis, aba saine Scheffin waißet natüalich ma wieda bessa, die lässd nur allet bekaakeln – so hinta de zuen Tüan. Dissen Seehofa, der hat chlatt Schnee aufm Sofa, echt, der will chlaich de chanzen sozialen Sachn inne Tonne tretn. Meaz ballat cheechen de Cheweakschaftn, und Meakels Anchela gibtn Bsiaske Bongbongs – damit dat laichta runtakricht. Jau, unne Kumpels vonne Meakel, die wissen chenau, dat se nich so'n schafn Hund is, wie se meint, aba imma man feste lobm von weechen: se hat allet voll im Chriff. Na ja, muss man auch vastehn, die will so'n paar bedröppelte SPD-Fritzn haim ins Reich holn, ich main inne CDU lotsn. Waschainlich detweechen dat komische Chetue von iha. Klappt aba bestimmt nich, dea Wähla nämlich, dat is doch völlich klar, dea will klare Sachn un nich dit Rumgeeia. Aba da sinn wohl 'n paar inne Union, die ham dat bechriffen, na ja, un getz sitzt de Meakel auch noch Kochs Roland chanz schchön im Nackn, un getz tut se wohl doch Butta bai de Fische, damit dat mit de Kündichungen unte Chesundhait bessa klappt. Cheet auch nich annas, da muss auch noch 'n bisken mea rauskomm' – un, jau, dann kriegense wohl auch iachendwie mit, dat Meakels Anchela, na ja, wohl doch nich so chanz de richtiche Figua füa cheechen Schrödas Cherrat is.

Kellenhusen faxt den Text ins Allgäu durch und schickt sicherheitshalber das Original mit. Er hat die Gewohnheit, vor allem solche Texte, die er mit einem besonderen persönlichen Engagement oder auch nur zu seinem Vergnügen schreibt, in seinem Computer zu speichern. So verfährt er auch mit diesem Text.

Bei dieser Gelegenheit surft er einmal wieder durch seine Textproduktion. Er muss zum wiederholten Mal feststellen, dass ihm nur selten gefällt, was er einmal geschrieben hat. Die Sympathiehalbwertszeit seiner Texte ist ihm verdächtig gering. Dabei ist sachlich alles hieb- und stichfest, häufig hochdifferenziert und sprachlich sauber gefügt. Aber man merkt ihnen zu sehr ein philologisches Interesse an, und das lässt sie rasch verblühen.

Einleitung in einen kulturhistorischen Abriss:

„In der Gegenwart leben ist eines, die Gegenwart begreifen etwas anderes. Sie zu begreifen ist nicht möglich, ohne zu erfassen, was von der Zukunft schon in ihr angelegt ist. Das Zukünftige wiederum im Gegenwärtigen ausmachen zu können ist ohne die Auslegung des Vergangenen als ehemalige Gegenwart sowie des Gegenwärtigen als ehemalige Zukunft nicht zu bewältigen. Der an der allgemeinen Historie Interessierte weiß darum, und der an spezielle Aspekte des Historischen Hingegebene sieht dies als Verpflichtung."

Eher eine sprachliche Laune. Mehr nicht.

Eine Reflexion über Fortbewegung und Komfort in Frankreich:

„Frankreich ist ein Land, dessen geographische und politische Grenzziehungen es mit sich bringen, dass in unterschiedlichen Erstreckungen große Entfernungen zurückgelegt werden können oder müssen. Der politische Zentralismus Frankreichs, der von altersher ein raumgreifendes Wegesystem auf einen Mittelpunkt hin nahelegte, sorgte dafür, dass aus allen und in alle Himmelsrichtungen Fernverbindungen entstanden, die diese Bezeichnung auch verdienen. Im Zuge der Massenmotorisierung und eines sich ausprägenden Bedürfnisses nach Mobilität im Nachkriegsfrankreich entstanden in der heimischen Fahrzeugindustrie Konzepte, die u.a. ein Raumempfinden widerspiegelten, wie es in Europa letztlich nur die Franzosen haben können. Viele Länder in Europa sind enger, sind dichter besiedelt, haben nur eine Raumachse oder sind z.B. infrastrukturell weniger entwickelt. Frankreichs Fahrzeuge mussten in den Punkten perfekt sein, wo nationaltypische Grundbedürfnisse es verlangten, also: praktisch, geringer Benzinverbrauch und komfortabel auf langen Strecken.

Komfort, damit sind wir bei etwas Urfranzösischem. Da wir Deutsche keinen intuitiven Zugang zu Bedeutung und Wert dieses Begriffes haben, muss ein kleiner wortgeschichtlicher Exkurs erlaubt sein:

Im 19.Jahrhundert bediente man sich in Frankreich eines englischen Wortes, um einer höheren Form der Bequemlichkeit sprachlich die Reverenz zu erweisen: comfort. Kaum geläufig aber war den Franzosen der Umstand, dass dieses Wort lediglich in seine Heimat zurückgekehrt war, welche es als altfranzösischer Begriff 'confort' in der Bedeutung 'Trost', 'Stärke' Jahrhunderte zuvor Richtung England verlassen hatte. Zwischenzeitlich hatte sich noch der Aspekt 'Zufriedenheit' beigesellt. Und schon werden die Zusammenhänge sichtbar, nämlich: bei anstrengender Tätigkeit Stärke aus Zufriedenheit beziehen. Eine sich künstlerisch verstehende Kultur wie die französische, das heißt: mit Sinn für Verfeinerung, gibt sich im technischen Bereich nur dann mit dem Einfachen zufrieden, wenn es die Merkmale des Genialen aufweist. Das Geniale ist immer einfach und entweder die höchste Form der Verfeinerung oder aus der schieren Not geboren. Beides steckt im 'savoir vivre' und bescherte den Franzosen ein Zufriedenheitskonzept, auf das man rechtsrheinisch immer neidisch schaute."

Nicht uninteressant, aber doch ein wenig Soziologenjargon: „Zufriedenheitskonzept" etwa oder „Bedürfnis nach

Mobilität" oder „nationaltypisches Grundbedürfnis". Die Schwingungen der Sätze vielleicht doch etwas sehr elegant, der Ausdruck hier und da ein wenig peppig, der Stil zur Sentenz neigend, sinngeschmäcklerisch.

Auszug aus dem Gutachten zu einer Facharbeit über Arno Schmidt:

„Die vorliegende Arbeit fordert in besonderem Maße dazu heraus, bei der Begutachtung zu unterscheiden zwischen der Qualität der Präsentation und der Güte des inhaltlichen Ertrags. Zu offensichtlich nämlich sind die Schwächen in allem, was Fügung betrifft, und deutlich genug ist, dass der Anspruch der Themenstellung inhaltlich erfüllt wurde.

Schon früh erweist die vorliegende Arbeit einen bedauerlichen Mangel in der Beherrschung der Zeichensetzung. Insofern Mängel in diesem Bereich nicht nur ein Defizit in der Kenntnis eines abstrakten Regelwerks bedeuten, sondern auch ein nur mäßig ausgeprägtes Bewusstsein für gedankliche Strukturen widerspiegeln, haben die sich hier häufig gegenseitig bedingenden Zeichensetzungs- und Satzbauschwächen Symptomcharakter. Die Logik ist glücklicherweise kaum betroffen, dafür umso mehr alles, was die allgemeine Transparenz der sprachlichen Gestaltung betrifft. Besonders die immer wiederkehrende Indifferenz des Satzbaus erschwert die Lektüre. Gerade aber ein Thema wie das hier gewählte verlangt vom Satzbau, dass er über gleichmäßig und zuverlässig wirkende Bindemittel verfügt.

Eine kritische Würdigung der vorliegenden Arbeit darf sich aber nicht in dem bislang Ausgeführten erschöpfen. Die eigentliche Leistung des Verfassers besteht letztlich darin, dass er klar zeigen konnte, was es heißt, wenn Arno

Schmidt *die Wörter aufmacht, um zu sehen, was darin ist*. Dazu musste er die eigentümliche sog. Etymtheorie Schmidts verstehen, sie darlegen und auf Texte aus Arno Schmidts Werk anwenden. Das ist ihm gelungen. Wer sich einer Aufgabe wie der hier bearbeiteten stellt, geht bewusst ein Risiko ein bzw. verzichtet auf Sicherheiten, die Themen bieten, welche vor allem reproduktive Leistungen verlangen und für die es eine (Über-)Fülle an Materialien gibt, deren Überprüfung einen Gutachter vor kaum zu lösende Zeitprobleme stellen würde.

Den Verfasser der vorliegenden Arbeit regiert ein persönliches Motiv – wie er in der Einführung zumindest andeutet. Sich bei solchen Voraussetzungen auf ein fast schon skurril zu nennendes Gebiet wie das Werk Arno Schmidts zu wagen hat etwas von einem Experiment an sich. Experimente verlangen Mut, und aus der Kenntnis des Verfassers heraus kann der Gutachter sagen, dass hier nicht blindlings im Vertrauen auf anonyme Schutzmächte ins Blaue hinein experimentiert wurde, sondern dass ein sensibler Geist im Zuge einer allgemeinen Konsolidierung sich ein Betätigungsfeld ausgesucht hat, auf dem er neu gewonnene Einsichten in die Zusammenhänge der menschlichen Seele erproben wollte. Der Nachweis des Gelingens konnte erbracht werden."

Gespreiztheiten eines Textes, der amtliche Konventionen gleichzeitig erfüllen und karikieren will. Ehrenwertes pädagogisches und menschliches Engagement. Keine Stilvorlage.

Zusammenfassung zu eigenen Gedanken an Deutschland in der Nacht:

„Wir fassen indes zusammen:

Der Industriestandort Deutschland ist in Nöten, ebenfalls der Bildungsstandort Deutschland. Wenn ein Industriestandort in Problemen steckt, dann ist das letztlich ein Problem des Fleißes, des absichtsvollen, absehenden Handelns auf ein Ziel hin. Für Fleiß und Absicht haben die Römer ein Wort: industria.

Wenn ein Bildungsstandort in Problemen steckt, dann ist das letztlich ein Problem der Grundlagenwahrnehmung, des Wissens um den Boden, auf dem man steht. Für den Boden, sofern er als Wachstumsspender schlechthin gemeint ist, haben die zweckorientiert handelnden Römer ein Wort: humus. Aus diesem Wort formten sie das Wort 'humanitas', und das bedeutet nicht nur 'Menschlichkeit', sondern auch 'Bildung'. Das Handeln auf der Grundlage des 'humus' im Modus der 'industria' nennt der Römer 'colere', und das bedeutet: bebauen, pflegen, verehren. 'Colere' wiederum ist die Grundlage für unser Wort 'Kultur'.

Was lernen wir also?

Ob es um Probleme des Industriestandortes Deutschland geht oder um solche des Bildungsstandortes Deutschland: Wir haben kein Systemproblem, wir haben ein Kulturproblem."

Das ist schon besser. Sätze kürzer, nur der notwendige Sentenzornat, dafür mehr Pointierung.

Drei Tage später der Anruf. Sie habe ziemlich Schwierigkeiten mit dem Text gehabt, als sie ihn habe vorlesen wollen, und habe schließlich auch zugeben müssen, dass da fremde Hilfe im Spiel war Sie habe bei jedem Wort gespürt, dass es nicht reicht, nur buchstabengetreu zu lesen – was ja im Englischen und Französischen auch nicht gehe. Sie sei dann aber auf eine rettende Idee gekommen. Ihr sei nämlich plötzlich aufgegangen, dass der Buchhändler, bei dem sie immer kaufe, aus Norddeutschland sei. Vorbeck heiße der. Sie habe ihn gefragt, woher er eigentlich komme. Er stamme aus Leverkusen, sei aber in Dorsten aufgewachsen, habe er ihr erzählt. Sie habe ihn gefragt, ob er ihr aus der Klemme helfen könne und ihr den Text vielleicht mal original vorlesen könne. Darauf habe er ihr einen Vorschlag gemacht, der sie total geplättet habe. Er wolle in die Schule kommen und den Text vorzulesen. Er sei dann auch tatsächlich erschienen und habe den Text dann nicht nur in westfälischer, sondern auch noch in rheinischer Mundart vorgetragen. Sei wirklich geil gewesen. Vielen, vielen Dank.

Na, Hauptsache Madame haben eine gute Note.

Ein Anruf aus Auggen, der Kellenhusen elektrisiert. Der Anrufer sagt, er habe da jetzt etwas, was sehr interessant sei. Die Substanz sei noch ganz ausgezeichnet, und auch das Ambiente, wie er sagt, könne sich durchaus sehen lassen. Einige Details werteten das Objekt noch zusätzlich auf.

Nach einem Flügel, der seinen Klangvorstellungen entspricht, hat er fast drei Jahre gesucht. Jetzt geht möglicherweise eine mehr als fünfzehnjährige Suche zu Ende. Ihm wird ganz feierlich. Schon fast trivial kommt es ihm vor, dass die nicht mehr fernen Osterferien Zeit und Rahmen für einen bedeutsamen Vorgang bieten können.

Nun also die Vorbereitungen. Er stellt telefonische Verbindungen her, die für einen Außenstehenden kaum zu durchschauen sind. Unter anderem spricht er mit einem Schiffseigentümer.

Für die Reise hat Kellenhusen recht feinen Zwirn ausgewählt. In Dortmund besteigt er den Nachtzug nach Süden. Aber dann sehe er ja gar nichts vom schönen Rheintal mit der Loreley und so, wird ihm mitgegeben. Er schätze Nachtfahrten, und das Rheintal sei ihm ohnehin zu eng, zu rheinisch, zu sehr Kulisse, hinterlässt er den Zurückbleibenden. Außerdem muss er Karlsruhe in der Früh erreichen.

Er erreicht Karlsruhe in der Früh und auch rechtzeitig den Hafen. Dort trifft er Herrn Bleuel. Herrn Bleuel gehört die 'Heinrich P.', ein Frachtschiff, das große Mengen Zement rheinaufwärts transportiert. Kellenhusen hat über verschiedene Verbindungen mit Herrn Bleuel verabredet, dass er von Karlsruhe bis Neuenburg auf seinem Schiff mitfahren kann. Gespannt verfolgt er das Ablegemanöver vom Steuerhaus aus. Langsames Hineingleiten gegen die Fließrichtung des Stromes. Unmerklich geht das Manöver über in einen gleichbleibenden Fahrzustand.

Kellenhusen setzt sich zu Herrn Bleuels Peugeot 306, den er mittschiffs abgestellt hat. Rechterhand lösen sich die östlichsten Ausläufer Lothringers in der Oberrheinebene auf, und das eigentliche Maß der Rheinebene breitet sich langsam aus. Der Frühling hat hier schon Fuß gefasst, ein milder Wind streicht die Ebene hinauf. Linkerhand ist der Schwarzwald sichtbar, die Vogesen verharren vorerst in der Vorstellung. Die Rheinschleifen in Höhe Rheinmünster bringen die Landschaft in eine Drehbewegung. So ist es auch bei Würgassen in der Weserschleife, und so ist es auch beim Zugfahren zwischen Ochsenfurt und Ansbach. Vor der Kulisse Straßburgs gibt es eine feine Fischmahlzeit, von der kaum sichtbaren Frau Bleuel zubereitet.

Ab Straßburg wird's Kellenhusen recht französisch ums Gemüt, auch vinös, wie der Großvater zu sagen pflegte. Die Weinhänge des Elsaß. Irgendwo südwestlich voraus liegt Schlettstadt.

Schlettstadt, sehr heiß, Unterbrechung der Fahrt in den französischen Jura. Der Sommer 1959 hatte schon vor Antritt der Reise große Hitze gebracht. Man war erleichtert, es mit dem dunkelgrünen Käfer – Hebmüller-Ausstattung, leider kein Schiebedach – schon einmal bis Schlettstadt geschafft zu haben. Weil die Kinder alles brav mitgemacht hatten, gab es eine kleine Anerkennung. Kellenhusen junior bekam eine kleines Auto aus Metall, einen Renault Dauphine, hellblau, gelbe Lichter, die etwas geschliffen waren und deswegen immer leicht glitzerten. Das kleine Auto ließ er nicht mehr los.

In Mourret bei Gex war das Ziel erreicht, ein kleines Dorf. Alsbald spielte der kleine Kellenhusen mit einem kleinen Franzosen, an dessen Namen er sich heute nicht mehr erinnern kann. Aber er weiß noch, dass der Vater des kleinen Franzosen Jaques hieß. Vater Jaques fragte seinen Sohn immer, ob es ihn auch „sehr amüsiere", mit dem kleinen Deutschen zu spielen.

Die Eltern des kleinen Deutschen waren vierzehn Jahre nach dem Krieg in ihrem Auftreten gegenüber Franzosen sehr vorsichtig, aber auch bemüht. Vater Jaques hingegen war recht leutselig und offen. Er verwickelte Kellenhusens

Eltern immer wieder in Gespräche. In ihnen ging es um mancherlei, wovon der kleine Kellenhusen, noch nicht sieben Jahre alt, rein gar nichts verstand. Er bekam es aber häufig mit, wenn der Vater von diesen Gesprächen erzählte. Der Vater wirkte dann ganz anders als sonst, aufgeräumt, heiter. Seine Stimme war verändert, und er sagte wiederholt: „Der ist…" oder: „Der ist ja…". Vater Jaques war offensichtlich Objekt der scharf wahrnehmenden Sinne von Vater Kellenhusen, der die Dinge sprachlich auf den Punkt bringen konnte. Die Mutter nämlich konnte immer nur grinsend zustimmen. Damit entwickelte der Kleine die Vorstellung, dass es sich bei Vater Jaques um eine Art Original handeln musste.

Die Szene mit den beiden Autos bekam der Kleine selbst mit. Man war gerade von einem Ausflug zurückgekommen und wurde quasi von Vater Jaques empfangen. Und schon ging es um den Renault – eine Dauphine – von Vater Jaques und den grünen Käfer. Die Mutter half wie üblich mit ihren Französischkenntnissen. Plötzlich strich Vater Jaques liebevoll über den grünen Lack des Käfers. Da es sich offensichtlich um den Käfer drehte, fragte der Kleine gleich nach dem Ende des Gesprächs, warum Vater Jaques den Käfer angefasst habe. Er habe sich sehr anerkennend über die gute Qualität des deutschen Autos geäußert, was allein schon der schöne Lack zeige. Das machte den Kleinen auch stolz und auch sicherer gegenüber dem lebhaften Sohn von Vater Jaques.

An einem Nachmittag gab es ein heftiges Gewitter. Ein Blitz erschreckte den kleinen Kellenhusen ganz furchtbar. Er hatte einmal das merkwürdige Wort 'Kugelblitz' gehört. Jetzt meinte er, das könne ein Kugelblitz gewesen sein, weil einfach das Fenster des Schlafzimmers plötzlich so hell aufgeleuchtet sei. Da die Eltern keine eindeutige Aufklärung geben konnten, blieb dieser Fensterblitz als Vorstellung von einem Kugelblitz lange zurück. Abends war es dann wieder so, wie es der Kleine am liebsten hatte. Vom Balkon aus, auf dem zu Abend gegessen wurde, konnte man den Mont Blanc rot leuchten sehen.

Ein Ausflug ging nach St.Claude. Dort kaufte sich die Mutter eine Halskette aus Horn und der Vater eine Tabakpfeife, deren Kopf mit mittelbraunem Leder bezogen war. Der kleine Kellenhusen war ganz stolz auf Kette und Pfeife, weil man jetzt wieder was Neues besaß. Und außerdem war er fest davon überzeugt, dass es sich um etwas Besonderes handelt. Es musste etwas Besonderes sein, denn die Eltern überlegten immer sehr genau, bevor sie etwas kauften. Vor allem wie der Vater die Dinge immer aussuchte und dann später mit ihnen umging, hatten ihm diese Überzeugung gebracht.

An einem anderen Tag ging es auf den Col de la Faucille. Oben gab es einen dreieckigen Wimpel für den Kleinen, den er an dem Bügelhaken oberhalb des Fahrersitzes in dem grünen Käfer aufhängte. Im Nachfolger des grünen Käfers hing dieser Wimpel an der gleichen Stelle.

Auf der Abfahrt vom Col de la Faucille sprach die Mutter mehrfach davon, dass das die Bremsen ihres Fahrrads nie ausgehalten hätten. Sie meinte damit das Fahrrad, mit dem sie während des Krieges unterwegs war.

Als man auf dem Weg zu einer Kirche war, von der es hieß, sie sei sehr 'eigentümlich', wurde eine Pause eingelegt. Auf dem Parkplatz passierte, was den Kleinen immer in Aufregung versetzte: Dort stand noch ein Auto aus Deutschland, ein Ford Taunus mit Weltkugel vorn dran, Kennzeichen BOT. Die Leute aus BOT reagierten aber kaum. Man kam sich im Ausland untereinander merkwürdig fremd vor.

Die Kirche von Assy hatte ein dreieckiges, sehr buntes Fenster. Aber aus einem anderen Grund war sie die einzige von den vielen besuchten Kirchen, die er mochte. Gewitter konnten ihn damals in Angst und Schrecken versetzen. Als der erste Donner kam, flüchtete er in die Kirche und war nicht zu bewegen, sie zu verlassen, bevor das Gewitter abgezogen war.

Die Fahrt zum Lac de Neuchatel war mit anderen Aufregungen versehen. Auf dem Weg dorthin wurde an einem Parkplatz gehalten, von dem man einen schönen Blick auf den See hatte. Als er sich zufällig zur Straße hindrehte, wurde er starr: Mit quietschenden Reifen bog ein beigefarbenes Auto auf den Parkplatz ein und prallte an einen Strommasten. Die Leute schrien auf. Ein paar Leute liefen auf das Auto zu. Er sah, wie der Vater, dann auch die Mutter auf das Auto zuliefen und sich um die Leute in dem verunglückten Auto kümmerten. Der Vater half mit einem anderen Mann, kam zurück zum Käfer, kramte in ihm herum und lief mit irgendwelchen Tüchern zu dem verunglückten Auto zurück. Aus dem Motor des Autos lief eine Flüssigkeit aus. Er hielt sich von dem Auto fern, es war nicht nötig, ihm das aufzutragen. Nach längerer Zeit kam ein Krankenwagen.

Als wieder alle im Käfer saßen und weiterfuhren, hörte er, was die Eltern sich erzählten. Der Fahrer, ein älterer Mann, habe nur ein Auge gehabt und die Frau habe auf Französisch immer gesagt: mein Bein, mein Bein. Die Sachen, mit denen der Vater die Verletzten verbunden habe, waren Grund dafür, dass die Eltern in einer Mischung aus Erheiterung und Verlegenheit sprachen. Jahre später kam heraus, dass der Vater neben Tempotaschentüchern auch Monatsbinden verwendet hatte.

Der kleine Kellenhusen hatte sich den Typ des verunglückten Autos gemerkt. Jedesmal, wenn er in den Tagen nach dem Unfall ein solches Auto sah, wurde ihm unheimlich. Er sah sie alle bei nächster Gelegenheit vor einen Strommasten fahren. Irgendwann stellte er sich aber dem leichten Grauen. Auf einem Parkplatz sah er wieder solch ein Auto. Er ging hin und schaute genau nach. Das verunglückte Auto war ein Ford Anglia.

Die Fahrt nach Genf fand bei schönem, heißem Wetter statt. Kein Gewitter. Er hörte mehrfach von den Eltern das Wort 'Völkerbund'. Es klang wichtig, denn alles, was er von Eltern hörte und nicht verstand, war wichtig.

Als man nach Genf hinein fuhr, sagte die Mutter plötzlich: „Hier kann man Zitronen kaufen." Da schwang wohl ein Unterton mit, doch den nahm er nicht so richtig wahr. Im letzten Moment aber erfasste er noch, im Augenwinkel sozusagen, was gemeint war: ein Gebäude mit mehreren Schaufenstern, oberhalb ein blauer Streifen und ein freier Hof davor, darauf mehrere dieser merkwürdigen Autos, die er schon verschiedentlich gesehen hatte – Citroen. Die Mutter hatte wenige Tage zuvor Zitronen kaufen wollen und irrtümlich zum Gaudium des Verkäufers Citroens verlangt.

„Komm, lass uns da mal hinfahren." Dieser Satz fiel gelegentlich und verhieß immer etwas Besonderes. In seiner Besichtigungserschöpfung hatte er nicht ganz mitbekommen, wohin es gehen sollte. Dass es zum Flughafen ging, versetzte ihn in Aufruhr. Er hatte vielleicht einmal ein Flugzeug fliegen sehen, eines am Boden kannte er nicht.

Was er sah, machte ihn fassungslos. Die Größe dieser Flugzeuge überwältigte ihn. Aber er wusste instinktiv, wonach er zu schauen hatte. Ihm prägte sich das Bild eines langsam zum Start rollenden Flugzeugs ein. Die vier Propellermotoren taten mit ihrem Lärm etwas weh. Aus den Motoren sprühten Funken. Der Rumpf des Flugzeugs war weiß, das Heckleitwerk rot. Auf dem weißen Rumpf las er in schwarzer Schrift EGYPTIAN. Es stand noch etwas dahinter, aber das konnte er nicht mehr so genau erkennen, und außerdem war er erst seit vier Monaten in der Schule und im Lesen noch nicht so geübt. Aber dass es sich um ein ägyptisches Flugzeug handelte, das verstand er schon. In seiner Vorstellung flog dieses Flugzeug jetzt nach Ägypten, also sehr weit weg, und das erstaunte ihn tief.

Auf der Rückfahrt kam man wieder bei den Zitronen vorbei. Diesmal war er vorbereitet. Er konnte das Bild der dicht versammelten merkwürdigen Autos ungehindert auf sich wirken lassen. Der Vater sagte, das seien wirklich schöne Autos. Das Wort 'das' kam beim Vater mit einer gewissen Inbrunst. Das machte ihn immer hellhörig. So hatte er auch das Wort gesprochen, als er die schöne Tabakpfeife in St.Claude kaufte. Immer wenn er in späteren

Jahren eines dieser langgestreckten Autos sah, sagte er: „Wenn ich mir ein Auto kaufen würde, dann den." Dabei betonte er 'ich' und 'den'. Von Autos verstand er überhaupt nichts, und einen Führerschein hat er nie besessen.

Die 'Heinrich P.' gleitet Höhe Schlettstadt vorbei. Colmar gelangt allmählich in die inneren Koordinaten. Colmar war Pflichtprogramm während der vier Fahrten nach Taizé.

Breisach. Juli 1969, erste Blicke vom Mond auf die Erde. Wunderschöner Blick von der hochgelegenen Jugendherberge bei untergehender Sonne gen Westen. Darin waren sich die drei sechzehn- und siebzehnjährigen Radwanderer einig. Dieser Blick sollte eine Rolle spielen in dem Roman, den Kellenhusen später einmal zu schreiben begonnen hatte. Der Breisacher Blick war gut. Alles andere gefiel ihm nicht. Papierkorb.

Wenn Breisach, dann eben auch Freiburg. Freiburg hatte ohne Colmar und anschließende Weiterfahrt nach Frankreich hinein immer nur halben Wert. Aber doch so viel: Auf einer Wiese am Philosophenweg ging spätabends der Autoschlüssel verloren. Unruhige Nacht. Am nächsten Morgen das esoterische Schockerlebnis: wieder hingehen, sich sehr konzentrieren, das erste Mal auf den Boden schauen und den Schlüssel vor den Füßen finden. Freiburg, Anfang Mai 1973. In Amerika wurde auch etwas gefunden. Schock dort drüben.

Der Nachmittag neigt sich, und die 'Heinrich P.' nähert sich ihrem Halteplatz für die Nacht.

98

Kellenhusen verabschiedet sich von den Bleuels. Sie bleiben auf ihrem Schiff.

Er steht vor der Alternative: Hotel oder einen alten Bekannten damit überraschen, dass es einen noch gibt. Die Überraschung gelingt. Es wird ein Weinabend. Schöner Blick in die Rheinebene hinab.

Der folgende Tag. Kellenhusen trifft Stefan Schneider. Sie fahren zu seinem Privathaus. Er habe ihn nicht in seiner Werkstatt, sondern bei sich zu Hause untergebracht, um nur nichts an ihn rankommen zu lassen. Bei solchen Antiquitäten müsse man schon vorsichtig sein. In einer soliden Wohnsiedlung kommt man ans Ziel. „So, jetzt schauet Se mal!" Stefan Schneider öffnet ein Garagentor. Da steht es, das Prachtexemplar von einem DS, königsblau, innen rot, gelbe Scheinwerfer, aus Modersheim im Elsaß. „Wenn ich mir ein Auto kaufen würde, dann den." Kellenhusen hat Ahnung von Autos, einen Führerschein hat er auch. Er kauft den DS und kann ihn aus der Garage heraus mit nach Hause nehmen. „Was du ererbt von deinen Vätern hast, erwirb es, um es zu besitzen."

Der DS gleitet mit 120. Kellenhusen hat ein solches Fahrzeug noch nie gefahren. Allein schon von der technischen Seite her ist der Wagen gewöhnungsbedürftig. Die Gewöhnung bringt Vergnügen. Noch bevor er aber überhaupt den ersten Meter mit dem Auto fährt, trifft es ihn unvorbereitet: Durch Augen, Nase und Berührung strömen mehr als dreißig Jahre Geschichte in ihn ein, Geschichte dieses Autos, eigene Geschichte, Geschichte überhaupt. Eigentlich hätte es ein DS von 1972 sein sollen, nun ist es einer von 1970 geworden. Kellenhusen weiß nach wenigen Metern Fahrt: 1970 ist viel sinniger. 1970 begann seine Zeit als Autofahrer, eine Zeit, in der eine reichliche Zahl von Fahrzeugen die Bindekraft für seine eigene Geschichte wurde. Der blaue 404, mit dem er zwischen Salta und San Antonio des los Cobres die Anden erkundete; der graue 1800 TI, der zusammen mit einem roten Fiat 238 und drei Pappeln auf Sizilien in Flammen aufging; der weiße Fiat 127, den er durch den Negev quälte; der weiße VW 1600, dessen Motor die endlosen Überholmanöver auf dem jugoslawischen Autoput nicht ganz schadlos überstand, der auf einem naturbelassenen Strandparkplatz bei Leptokarya einen Putzlappen aufsaugte, was er mit teuflischen Geräuschen quittierte, und der dann doch ewig hielt; der weiße BMW 2002, dem auf der Rückreise von Madrid nachts bei Perpignan plötzlich die Lichter ausgingen; die grüne Alfetta, die seine Hochzeitskutsche war, mit der eine abenteuerliche Hochzeitsreise durch Italien und Ungarn stattfand und mit der er seinen Vater nach Kassel brachte, wo dieser sich einer Operation unterzog, von der er sich nie erholte; der blaue Sierra, mit dem er zwischen Carracas und Colonia Tovar erfuhr, was ein tropischer Regenguss sein kann; der grüne Alfa GTV, den ihm die DDR-Grenzer halb auseinandernahmen; der braune 524 td, der Fahrräder, Wohnwagen und fünf Personen bis zum Inarisee schleppte und der als einzige Spur von der Strapaze nur ein kleines Loch im linken Hauptscheinwerfer zurückbehielt; der grüne 230 TE, dem in Schottland plötzlich sehr warm ums Herz wurde, aber trotzdem mit sechs Personen, Dachkoffer und Wohnwagen heil nach Haus gebracht werden konnte; der blaue Mazda, mit dem er sich bis Grense Jakobselv an der norwegisch-russischen Grenze durchkämpfte; der rote Honda, der der geschichtsträchtigste von allen war:

1967, Rückreise von Norwegen her.

Ein Parkplatz kurz hinter einem Wegweiser mit dem komischen Wort 'Klixbüll'. Regen. Ein Beiwagengespann kommt getuckert. Aus Montur und Regenschutz werden zwei unterschiedlich große Gestalten sichtbar, ein Vater und sein dreizehnjähriger Sohn. Sie sind aus Castrop-Rauxel und kommen vom Nordkap. Das drecküberzogene Gespann lässt keinen Zweifel aufkommen. In den Dreck ist 'Nordkap' hineingeschrieben. Sie freuen sich beide auf die Mama zu Hause. Mit viel Begeisterung berichten sie von ihrer Reise, vor allem aus dem Jungen sprudelt es enthusiastisch heraus. Es ist die reine Freude, keine Spur von Angeberei. Der vierzehnjährige Kellenhusen ist tief beeindruckt. Auch Neid bleibt nicht aus. Zweifelnd schaut er auf seine Eltern. Mit fast schon fanatischer Strenge prägt er sich dieses Erlebnis ein. Dreiunddreißig Jahre später steht er mit dem eigenen Sohn am Nordkap. Er erinnert sich genau an das Motorradgespann, an das Gesicht von Vater und Sohn und an das große Kennzeichenschild mit CAS. Jetzt steht am Nordkap der rote Honda.

Und nun dieser DS von 1970. Er beseitigt einen lang-währenden, leisen Zweifel. Die Geschichte mit den Autos ist doch mehr als nur die Geschichte eines Kults, einer nie enden wollenden Pubertät. Die Bilder des allererersten Beginns steigen in ihm auf: Er ist noch nicht drei, da erhält er einen Holzroller. Zur Verwunderung seiner Eltern unternimmt er zunächst keinerlei Versuche, mit dem

Roller zu fahren. Stattdessen schiebt er den Roller ständig auf einem mit Sand bestreuten Gartenweg hin und her und schaut genau, wie die beiden hinteren Räder Spuren in den Sand ziehen. Dann unterbricht er dieses Spiel und schaut eine Zeit lang nach vorn. Darauf schiebt er den Roller wieder weiter. Seine Eltern haben ihm das immer wieder erzählt, und er selbst kann sich genau erinnern.

Was hat er da von seinen Vätern ererbt, was galt es zu gewinnen, um es zu besitzen?

Das Schweigen des Vaters. Ein sprechendes Schweigen, kaum zu verstehen, es gab keine Gelegenheit, die entsprechenden Vokabeln zu lernen. Was politisch oder pädagogisch seinen offenbar weitreichenden Einsichten nicht entsprach, konnte ihn heftig aus seinem Schweigen reißen. Frau, Töchter, Mutter Betreffendes rührte ihn tief auf. Dann wieder viel Schweigen hinter Pfeifendampf. Über Kriegserlebnisse sprach er. Er war in Afrika und erlebte den gesamten Rückzug. Auf Reisen zu gehen kostete ihn Überwindung. Flugzeuge waren ihm ein Schrecken, fürs Autofahren hatte er keine Nerven. Vielen teilte sich sein Schweigen als die Ruhe der Weisheit mit. Sein Sinn für die Besonderheit des Details brachte ihm staunende Anerkennung. Sein Gespür für Menschen in Not war untrüglich. Seine Selbstbeherrschung in Situationen, in denen andere den Kopf verloren, erschien bei diesem zum Jähzorn neigenden Mann als unerklärlicher Widerspruch. Die Wege seiner Wirkung auf andere waren unergründlich.

Erste Julihälfte 1967, Zugfahrt von Dombas nach Bodö durch die norwegische Sommernacht. Ein Mann, drei Sitzreihen entfernt schräg gegenüber, schaut immer wieder auf die Kellenhusens. Einer Gewohnheit folgend erhebt sich der Vater regelmäßig und unternimmt eine Wanderung durch den Zug. Alle wissen, dass er manchmal mit interessanten Beobachtungen oder irgendeiner Überraschung zurückkommt. Der Mann, der immer wieder herübergeschaut hat, erhebt sich ebenfalls und geht dem Vater nach. Der Vater bleibt lange weg. Man sieht ihn aber im Übergang zum hinteren Waggon mit jemandem sprechen. Schließlich kehrt er zurück. Er redet nicht sofort. Schließlich spricht er. Er sei angesprochen worden. Ein Norweger, der ausgezeichnet Deutsch spreche. Er habe darum gebeten, auf der Plattform, wo es etwas lauter sei, mit ihm sprechen zu dürfen. Er habe die Besetzung Norwegens durch die Deutschen im Krieg erlebt. Der einfache deutsche Soldat sei sehr korrekt, die Gestapo hingegen furchtbar gewesen. Er habe Deutschland als Kulturland sehr gemocht und deswegen gern Deutsch gelernt. Nach den furchtbaren Erfahrungen mit der Gestapo aber habe er sich geschworen, nie mehr auch nur ein Wort Deutsch zu sprechen. Bis heute habe er sich daran gehalten. Aber dann habe er hier in Norwegen, in diesem norwegischen Zug diese deutsche Familie gesehen, habe beobachtet, wie man miteinander umgehe, habe den „waltenden" Vater gesehen. Das habe ihn so berührt, dass er nun seinen Schwur gebrochen habe. Zu seiner Person wolle er weiter nichts sagen.

Bevor er in Mosjön aussteigt, verabschiedet sich der Norweger mit einem langen Blick: „Auf Wiedersehen und viel Freude bei uns in Norwegen."

Die Mutter sagte gelegentlich, der Vater sei immer ein „eigentümlicher" Mensch gewesen, aber er habe etwas zu sagen gehabt.

Dieser Schweiger hat etwas zu sagen gehabt. Warum sagte er aber so wenig? Gelegentlich sagte er schon noch etwas, und es war immer eine pointierende Aussage. Das schien eine seiner Stärken zu sein. Was sich zur Pointierung nicht eignete, blieb ungesagt. Die Entwicklung hin zu einem völligen, eremitischen Schweigen wurde allerdings unterbrochen. Der Junior wollte die selbstzufrieden auf ihn wirkende Apotheose des Sprechens hin ins Schweigen nicht akzeptieren. Heftig, leidenschaftlich und aggressiv stemmte er immer wieder die Tür zu dem auf, „was der Vater zu sagen hatte". Aus dieser Tür kam genug von dem heraus, womit der Junior seinen Lebensweg gestalten konnte. Während des Studiums schrieb er den einzigen Brief, den er je ausdrücklich an seinen Vater gerichtet hatte.

In ihm legte er die Anwendung der Philosophie Gadamers auf Gedanke und Dichtung von Jean Paul dar. In seiner kurzen, aber bewegt geschriebenen Antwort sprach der Vater von der 'Neugeburt des Sohnes'. Das war die Zeit, als die Tür zu dem, „was der Vater zu sagen hatte", am weitesten offenstand.

Etwa zweieinhalb Jahre später war beim Vater eine größere Operation nötig. Er erholte sich nie ganz von diesem Eingriff. Seit der Operation schloss sich allmählich die Tür für immer, das von früher bekannte Schweigen trat wieder ein. Gleichzeitig wurde der tiefere Sinn seiner Arbeit im Garten deutlicher. Er verstand den Garten nicht als Nutzfläche. Er nutzte ihn, um in einer anderen Sprache sprechen zu können, in der Sprache der Blumen, in der Sprache ihrer Formen, in der Sprache ihrer Anordnung, in der Sprache ihrer Farben, in der Sprache ihres Duftes. Der Garten hatte ein Gesicht, viele blieben stehen und freuten sich über diesen Garten. Er hatte ihnen offenbar etwas zu sagen.

Als er sich wegen der Folgen der großen Operation und seines zunehmenden Alters in den Gartenhängen nicht mehr recht bewegen konnte, setzte sein Sterben verstärkt ein. Die Medizin verlängerte es um Jahre. Zwei Stunden vor seinem Tod sagte er zur Mutter plötzlich: "Wir haben doch eigentlich ein schönes Leben gehabt." Im Seelenamt hieß es: „Die Gartenarbeit war ihm Gebet."

Dass diese Gedanken gerade jetzt kamen, registrierte Kellenhusen immer noch mit einem leichten Unbehagen. Dieses Unbehagen aber war nicht mehr von dem früher gespürten Zweifel getragen.

An der Autobahntankstelle Lorsch. „Wo haben Sie denn das Auto her? Der Traum meiner Jugend." Und in Kurzform läuft eine Lebensgeschichte ab.

Sechste Bilderreihe

Norwegen

In der Produktion der Texte, welche die Schulbürokratie verlangt, ergibt sich ein Wandel. In den 'Erwartungen und Möglichkeiten' überlässt sich Kellenhusen zusehends der sprachlichen Laune. Seine konzentrierte Aufmerksamkeit wendet er vermehrt der kleinen Form der Zeugnisbemerkungen zu.

Er schreibt:

„Patrick ist ein Freund unmissverständlicher Worte. Die Kunst der wohldosierten Schärfe will jedoch beherrscht sein, das musste er ebenso unmissverständlich erfahren. Zugewinn in diesem Punkt ist mithin erforderlich. Aus dem weitgehend korrekten Verhalten gegenüber seinen Lehrern sollte er einiges ableiten für den Umgang mit seinen Lehrerinnen."

Er schreibt:

„Erich legt Wert auf Weisen der Unabhängigkeit, die mehr verlangen als den reinen Stolz auf sie. Das nicht zu erkennen brachte Probleme mit sich, die u.a. das Nichterreichen des Klassenziels bewirkten. Das schulische Problem enthält auch ein quasi weltanschauliches Element. Korrigierende Maßnahmen müssen das berücksichtigen."

Er schreibt:

„Gernots Persönlichkeit ist geprägt von starken Lebensenergien, die in erster Linie die Musik zu veredeln imstande ist. Disziplinmuster, wie sie der schulische Alltag verlangt, machen ihm spürbar zu schaffen. Er wird aber nicht darum herum kommen, auch die Bedeutung der unmittelbaren schulischen Erfordernisse anzuerkennen."

Er schreibt:

„Christina versteht es recht geschickt, ihr lebhaftes Temperament den jeweiligen schulischen Situationen so anzupassen, dass die Voraussetzungen für eine gute unterrichtliche Mitarbeit gegeben zu sein scheinen. In den meisten Fächern kam aber nicht so sehr aktive Teilnahme dabei heraus als vielmehr ein beschauliches Dabeisein."

Die fast wohltuende Zucht durch die kleine Form. Während des Schuljahres muss er viel reden. Er kann es auch. Erklären, veranschaulichen, durch Reden innere Bilder aufleben lassen, Gebet um Metaphern bzw. treffende Beispiele. Abertausende Worte umschwirren das Licht, fliegen hinein und verbrennen. „Ausgesetzt auf den Bergen des Herzens. Siehe, wie klein dort, siehe: die letzte Ortschaft der Worte, und höher, aber wie klein auch, noch ein letztes Gehöft von Gefühl... Ausgesetzt auf den Bergen des Herzens. Steingrund unter den Händen. Hier blüht wohl einiges auf; aus stummem Absturz blüht ein unwissendes Kraut singend hervor. Aber der Wissende? Ach, der zu wissen begann und schweigt nun, ausgesetzt auf den Bergen des Herzens."

„Das Idealgedicht wäre das schweigende Gedicht, aus lauter Weiß."

Picassos Stierlithographien. Sie beginnen mit naturnaher Darstellung. Später findet eine Reduktion auf das Anatomische, darauf Kubistische statt. Am Ende nur noch gegenstandslose Linienfiguration.

Petrarca auf dem Mont Ventoux. Er erfährt das Übersteigende, das, was die physische Wahrnehmung übersteigt. Ihm wird Natur zur Landschaft. Er spürt das Ungenügen der Sprache. Er schaut und schweigt.

Das Schweigen des Vaters, der viel schlief. „In blauem Kristall/Wohnt der bleiche Mensch, die Wang' an seine Sterne/gelehnt;/ Oder er neigt das Haupt in purpurnem Schlaf./Doch immer rührt der schwarze Flug der Vögel/ Den Schauenden, das Heilige blauer Blumen,/Denkt die nahe Stille Vergessenes, erloschene Engel."

Das Schweigen des Vaters: das Schweigen eines Mystikers. „Was du ererbt..."

Kellenhusen hat die Gewohnheit, Ferienreisen unter ein Motto zu stellen. Das klang auch für ihn zunächst furcht-erregend. Der Nachwuchs hat aber meistens nichts gemerkt, und wenn er dann was gemerkt hat, war's ohnehin zu spät und auch gar nicht so übel. 'Das Norwegen der Wasserfälle und Stabkirchen' kam erstaunlich gut an, 'Das Brescello des Don Camillo' war eine nette Überraschung, 'Das Schottland des Local Heroe' mit der Musik von Dire Straits im Autoradio und schließlich im Walkman war cool. 'Sommer, Sonne Strand – egal wo' war letztes Jahr dran, jetzt sind die alten Kellenhusens wieder dran.

Es war eine der Situationen, die den Lehrer gelegentlich mit seinem Beruf für eine gewisse Zeit versöhnen und auch wieder entzweien. Zehnte Klasse. Ivo Andric, Die Brücke über die Drina. Ein Schüler, der später Abitur macht, beklagt sich über die langweilige Landschaftsschilderung zu Beginn des Romans. Kellenhusen: Er solle das Buch mit der entsprechenden Seite aufgeschlagen in Augenhöhe heben und dann den Text auf sich zuwenden. Was er jetzt sehe? Er sehe nichts, er verstehe überhaupt nicht, was das solle. Er sollte seinen Gesichtsausdruck sehen, er würde sich in Zukunft vielleicht die ein oder andere Maulerei überlegen. Ein Mädchen, das nach der zehnten Klasse das Gymnasium verlässt, weil die Schule einen 'abtöte', hebt die Hand. Sie (*das* Mädchen) sehe ein Gesicht, das Gesicht eines leidenden Landes, vielleicht sei auch das Gesicht oder die Seele der Menschen in diesem Land gemeint. „Den größeren Teil ihres Laufes fließt die Drina zwischen steilen Bergen durch enge Schluchten oder durch tiefe Täler mit schroff abfallenden Ufern. Nur an einigen Stellen des Flußlaufes erweitern sich seine Ufer zu offenen Niederungen und bilden... teils ebene, teils wellige Flächen, die zur Bestellung und Besiedlung geeignet sind... Die Berge auf beiden Seiten sind so steil und nähern sich einander so sehr, daß sie wie ein geschlossenes Massiv aussehen, aus dem der Fluß hervorquillt wie aus einer braunen Wand." (Weigel, meint ein Schüler wegen des Eindrucks eines geschlossenen Massivs).

Landschaft – Gesicht und Seele.

Es wird gepackt.

Der Vänern. Selbst Reiseprospekte bezeichnen ihn als 'tiefblaues Auge' Schwedens – oder überhaupt Skandinaviens.

Die Aland Inseln. Stilles Furioso zwischen Land und Wasser.

Mariehamn, die Hauptstadt, Mutter aller Windjammer. Die Spitzen ihrer Mastbäume oder der zwölfte Stock der VIKING-Fähre sind einer der höchsten Punkte in dieser Inselwelt. Es tut sich was. Der skandinavische Halbkontinent hebt sich, mit ihm die Aland Inseln. Fotos, die zu Beginn des 20. Jahrhunderts aufgenommen wurden, Fotos, die am Ende des 20.Jahrhunderts aufgenommen wurden: Was alles unterdrückt war! Was alles ans Tageslicht gekommen ist! Was wird noch kommen? Wer kennt sich hier aus?

Existenzwerdung – ein Werden zum Heraus-Stehen. Auf dem Schiff ist die gesamte Menschheit versammelt. Hier ist was, eine Spiegelung, die Menschheit, der Mensch, sie haben zu tun mit dem, was sie sehen, sie ahnen es nur, deswegen sind sie stumm. Das Schiff fährt mit höchster Vorsicht, der Steuermann weiß, er darf hier, wo das Meer allmählich zu Land wird, nicht nach dem Augenschein fahren.

Der Erdkundelehrer in der Quinta sagte: „Stellt euch Skandinavien als einen springenden Löwen vor!" Die Karte von Skandinavien hing bis zur nächsten Erdkundestunde am übernächsten Tag am Kartenständer. Das Skandengebirge konnte man sich sehr gut als das Rückgrat dieses Löwen vorstellen. Die Gebirgsfaltungen in Südnorwegen wirkten wie die Gehirnwindungen dieses

Tieres und die verästelten Fjorde wie Blutgefäße in seinem Kopf. Das Auge befand sich ungefähr da, wo die Stadt Bergen liegt. In der nächsten Erdkundestunde erzählte der Lehrer, dass es an dreihundert Tagen in Bergen Regen gibt. Dieser Löwe musste offenbar viel weinen. Finnland in diesem Löwenkörper unterzubringen war kaum möglich. Dafür erzählte der Lehrer, Finnland müsse man sich wie ein junges Mädchen vorstellen, dem der Russe den rechten Arm abgeschlagen habe. Er spielte darauf an, dass Finnland das Petsamo-Gebiet nach dem Zweiten Weltkrieg an die Sowjetunion abtreten musste. Er selbst war im Krieg in Russland und mochte die Russen nicht.

Man reist durch Bauch und Brust des Tieres. Die Vorstellung, man sei im Inneren eines Tieres unterwegs, wird zur Prägung während der Fahrt durch den über 24 Kilometer langen Laerdal-Tunnel. Alle 6,5 Kilometer weitet sich dieser Tunnel zu einer Art Grotte, die jeweils mit blauem Licht ausgeleuchtet ist. Kaum jemand, den dies unvorbereitet trifft, der nicht zumindest ans Sinnieren kommt.

Bergen wird vergoldet durch die Abendsonne. Temperatur um 19 Uhr: 24 Grad. Der Löwe weint nicht, er ist vielmehr bester Stimmung. Der grüne Toyota wird auf einem Parkplatz im Hafengelände abgestellt. Die Reise wird mit dem Schiff fortgesetzt.

Das 11.200 Tonnen große rot-weiße Schiff der Hurtigruten-Linie wird für die nächsten sechs Tage das Reisefahrzeug der Kellenhusens sein. Beim Einchecken in das Schiff gibt es große Aufregung. Ein mächtiger Mann krakeelt und schlägt in wütendem Stakkato seine Faust auf die Rezeptionstheke. Ein kleiner, zart gebauter Mann in der Kluft der Schiffsbesatzung stellt sich dem riesenhaften Wüterich mutig entgegen und erklärt ihm etwas, angespannt, aber ruhig und bestimmt. Drei kräftige Männer, die mit orangefarbenen Uniformen aus dem Unterbau des Schiffes nach oben gestiegen sind, greifen sich schließlich den Randalierer und befördern ihn so nachhaltig aus dem Schiff, dass er auf dem Kai zwar wüst schimpft, aber keine Anstalten mehr macht, auf das Schiff zurückzukommen. Kellenhusen fragt bei der Dame nach, die seine Eincheckung vorgenommen hat. Im singenden skandinavischen Tonfall kommt die kurze Antwort auf Deutsch: „Er ist betrunken, und er darf nicht mit."

Das Hurtigrutenschiff hat das Auge des Löwen verlassen, nach Norden gedreht und fährt nun am Kopf des Löwen entlang. Allein schon die Erwartung, dass das Schiff auf seiner Fahrt noch 34 Häfen ansteuern wird, löst das Bild vom springenden Löwen allmählich auf.

Einfahrt in den Storfjord bei Alesund. Die Fahrt zwischen den Bergen wird zum Erlebnis des Vordringens. Die vollendete Dramaturgie dieses Vordringens bringt als Höhepunkt den Geirangerfjord. Er ist enger als der Storfjord, die Berge sind dunkler und ragen senkrecht aus dem Wasser empor. Am Ende des Geirangerfjords dreht sich das große Schiff, eine Kunstfigur vor einem steil aufragenden Amphitheater.

Während der Rückfahrt Richtung Alesund spricht Kellenhusen mit Sam aus Arizona. Er habe schwedische Vorfahren, aber aus amerikanischer Sicht empfinde man sich eher als Skandinavier. Er habe unbedingt hierher gemusst. Sehr gründlich habe er diese Reise vorbereitet, bis zum Schluss habe er vor dem Computer gesessen, um die Wetterentwicklung in Skandinavien zu verfolgen. Dann habe er sich entschlossen, jetzt zu fahren. „Look, the weather is fine." Beide schweigen wieder und schauen. Schließlich kommt es halbblau aus Sam heraus: „Never ending supply."

Alesund ist noch nicht erreicht. Kellenhusen steht ununterbrochen an der Reling. Die Sonne steht im Südwesten und lässt die Linien der Gebirgsbildung stark hervortreten. Plötzlich durchfährt es ihn: ein EKG, das eine Rhythmusstörung anzeigt. Gegen die Sonne zeichnet sich scharf eine in sanften Wellen verlaufende Felslinie ab, die unvermittelt von einem schmalen, tief einschneidenden Spalt unterbrochen wird und sich dann wieder gleichmäßig fortsetzt. Da hat es bei der Profilbildung eine Unregelmäßigkeit, eine Störung, eine Rhythmusstörung in der Wirkung eines Naturgesetzes gegeben. So lange ihm das fahrende Schiff dieses Bild ermöglicht, vertieft er sich in diesen Anblick. Nach dem Verschwinden dieses Zeichens muss er sich setzen. Hat er in diesem Naturzeichen diese Aussage gesehen, weil eigene Rhythmusstörungen ihn für genau dieses Bild empfänglich gemacht haben? Oder hat er einen grundlegenden Zusammenhang zwischen Mensch und Natur erfasst? Er weiß es nicht. „Ein zauberisch Beispiel wurdest du, lebendige Natur...". Er weiß es nicht, aber er ahnt.

Zwischen Trondheim und Rörvik. Winfried, ein großer, massiver Mensch, wohnhaft in der Oberstadt von Überlingen, Blick auf den Bodensee und, bei Föhn, auf das Säntisgebiet, läuft an Steuerbord die Reling auf und ab, immer kurz vorm Stolpern: „Ich werd' hier noch wahnsinnig, ich werd' hier noch wahnsinnig."

Später wird man etwas näher miteinander bekannt. Was es denn mit dem Wahnsinn auf sich habe, erkundigt sich Kellenhusen vorsichtig. Winfried: "Ich schau' mir die Landschaft an, sie lässt mich überhaupt nicht mehr zur Ruhe kommen, ich krieg' das alles nicht verarbeitet, woher die Worte nehmen, ich kann nicht immer wunderbar, zauberhaft, traumhaft sagen, das reicht doch alles hinten und vorne nicht."

Bei einer sündhaft teuren Flasche 'Gammel Dansk' versuchen Winfried und Kellenhusen sich über das Unsagbare zu verständigen. Winfried erzählt aus seinem Leben. Ein Mensch empfindsam bis zur Eigenwilligkeit, hilfsbedürftig und durchsetzungsstark, autonomer Humor und nervöse Stimmungsabhängigkeit – von der Küste aus greift eine Hand nach ihm und umschließt sein ganzes Wesen. Er fühlt sich nicht umklammert, er spürt dunkel eine Aufgehobenheit, es erschreckt ihn, dass er das Gefühl nicht kennt, dass vieles Wichtige ihm auf einmal belanglos vorkommt, dass er für all dies keine Worte hat. Zu Hause betreibt er eine Buchagentur.

Das Ehepaar aus Düsseldorf. Nette Leute. Er ist äußerst angetan von der Reise. Die eingeschobene Tour über Land und dann abends im nächsten Hafen das Schiff wieder erreicht, hervorragend organisiert, und das Essen unterwegs, ganz ausgezeichnet. Was man denn für die Fahrt bezahlt habe? Und diese Übernachtung in Kirkenes, künstlich ins Programm eingebaut sei die, das wäre überhaupt nicht nötig, da hätte man sich wirklich was sparen können. Er solle doch nicht immer so kleinlich rechnen, sagt seine Frau.

Kellenhusen macht das Bild der vorbeiziehenden Küste nicht wahnsinnig, auch nicht fast wahnsinnig, ihn versetzt es in einen Dauerzustand des Staunens. Kein allfälliges Staunen wegen eines Standardreflexes, sondern ein Staunen darüber, wie er sanft und stetig seiner Sprache enthoben wird, wie er langsam eingeht in eine andere Sprache. In dieser Sprache spricht er nicht, in ihr versteht er. Die Vokabeln lernt er hier auf dem Schiff. Das Schiff trägt den Namen „Nordlys".

Die „Nordlys" legt nach vorgegebenem Rhythmus in den Häfen der Küste an. Niemand kommt somit dazu, sich auf ewig zu vergeistigen.

Der Lofot ist erreicht. Die Kapitäne der Hurtigruten-Schiffe bieten, wann immer es das Wetter ermöglicht, ihren Passagieren die Einfahrt in den Trollfjord. Er ist nur knapp zwei Kilometer lang, für ein Schiff wie die „Nordlys" reichlich eng. Im Trollfjord kann der Steuermann zeigen, was er kann. Er kann zudem zeigen, was das Schiff kann, wie es auf engstem Raum wendet. Und der Trollfjord kann bei entsprechendem Wetter eindrucksvoll unter Beweis stellen, dass er seinen Namen zurecht trägt.

Bei Kellenhusens Erscheinen ist alles so, wie es dem Trollfjord am liebsten ist. Es ist 10 Uhr abends, es regnet in Strömen, dunkle Wolken haben sich über ihm aufgetürmt. Das Geräusch des auf die schwarz glänzenden

Felsen klatschenden Regens, der dann in breitem Strom in das Fjordwasser rauscht. Die fast senkrecht aufschießenden Felswände sind zum Greifen nahe. Allenthalben zu hören: „Hier kann man sich richtig vorstellen, dass die Leute auf solche Ideen mit Trollen oder solchen Wesen gekommen sind. Vielleicht sieht man ja sogar einen." Nach der Ausfahrt aus dem Trollfjord gibt es für alle eine kräftige Trollsuppe.

Das Schiff hat den 16 Kilometer langen Raftsund passiert. Das Wetter hat sich plötzlich geändert, es ist jetzt um Mitternacht deutlich heller als zwei Stunden zuvor. Die Inselwelt heißt jetzt Vesteralen und präsentiert sich eher panoramaartig in einer zwischenweltlichen Festlichkeit. Harte Brechung durch den Alltagsroutinebetrieb während des Aufenthalts etwa im Hafen von Sortland nachts um zwei.

Honningsvag. Ein Ort mit touristischem Reizimpuls. Hier verlässt ein Großteil der Passagiere das Schiff, zwängt sich in bereitstehende Busse und fährt die 25 Kilometer zum Nordkap. Untertags ist der Besuch des Nordkaps der Besuch eines Theaters außerhalb des Spielbetriebs. Das Wetter gibt allerdings gelegentlich eine Sondervorstellung. Nach den Erzählungen der Rückkehrer ist es diesmal so gewesen. „Der Wind war so stark, dass er mir das Teleobjektiv in den Apparat zurückgedrückt hat."

Die „Nordlys" fährt nun Richtung Osten. Wetter und Landschaft spielen eine nordische Symphonie. Das Meer ist immer wieder türkisfarben. Finnkjerka kommt näher, eine auffallende, kleine Felsplastik. Der Hurtigruten-Reiseführer: „Es gibt nichts Schöneres als die Schöpfungen der Natur. Und keine Kathedrale kann sich mit Finnkjerka messen."

Was zu diesem Zeitpunkt noch niemand wissen kann: Die Natur wird an diesem Tag noch eine Kathedrale formen, die so groß ist, dass nur das Portal zu erkennen ist.

Gegen 22 Uhr entsteht Unruhe unter den Passagieren. Rufe, Hin- und Herlaufen. Sachlich gesehen: Die „Nordlys" fährt einem nach Osten abziehenden Regengebiet hinterher. Aus westlicher Richtung scheint kräftig die Mitternachtssonne durch die klare Luft. Das ergibt in östlicher Richtung einen Regenbogen. Die Menschen auf dem Schiff scheinen einer solchen Betrachtung aber kaum zugänglich zu sein. Bug und Heck bevölkern sich. Leute stolpern übereinander: „Tschuldigung." „ Macht nichts, ich bin Horst." „ Und ich bin Jürgen." Der Regenbogen hat unbekannte Ausmaße. Er nähert sich dem Schiff von halblinks vorn, wird zunehmend ein Kreis. Schließlich spielen seine Farben an der Bordwand des Schiffes. Ausrufe des Erstaunens und der Begeisterung. Plötzlich werden die Menschen stiller. Ein zweiter Regenbogen baut sich hinter dem ersten auf und bildet mit dem ersten ein riesiges, stark räumlich wirkendes, gotisches Portal. Möglicherweise hat der Steuermann der „Nordlys" reagiert und das Schiff leicht nach links gewendet. Das Schiff fährt genau auf dieses Portal zu. Unter dem Eindruck der Erscheinung wirkt das Maschinengeräusch aus dem Schornstein mit seinen sechs Auspuffrohren wie eine höchste und letzte Kraftanstrengung. Das Schiff kennt das Ziel schon lange, die Menschen fangen an zu begreifen. Aus Westen brennt das Feuer der Mitternachtssonne. Die letzte Etappe mit der „Nordlys".

In der Nähe liegt die „Kursk" mit 118 toten Seeleuten auf Grund.

Kirkenes. Russische Fischtrawler, die hier überholt werden sollen, verleihen dem Hafen das Aussehen eines Schiffsfriedhofs. Innen drin seien sie eigentlich ganz gut beieinander, wird berichtet, der Verzicht auf eine teure Schutzfarbe aber gebe den Schiffen dieses verheerende Aussehen.

Sechshundert Russen und vierhundert Philippinos leben in Kirkenes zusammen mit etwa viertausend Norwegern. Von diesen Nordnorwegern heißt es, sie seien die empfindlichsten und wehmütigsten Bewohner Norwegens und in ihrer Arbeitsauffassung mit Südeuropäern vergleichbar. Die Häuser auf den Anhöhen haben alle ein großes Fenster nach Norden raus.

Bei Regen der Rückflug von Kirkenes über Tromsö nach Bergen. Von oben hält sich Norwegen bedeckt.

Siebte Bilderreihe

Büren

Kellenhusen nimmt in seiner Heimatgemeinde an der Fronleichnamsprozession teil. Der Himmel ist etwas milchig, die Sonne sticht ein wenig. Die Parkplatzsuche war, anders als früher, kein Problem. Man versammelt sich auf dem Kirchplatz. Kellenhusen trifft einen Bekannten. Man kommt ins Gespräch.

Kellenhusen: „Und ?"

Der Bekannte: „Muss".

Der Prozessionszug setzt sich in Bewegung. Es wird gesungen: „Deinem Heiland, deinem Lehrer, deinem Hirten und Ernährer, Zion, stimm' ein Loblied an!" Synchronität ist nicht die Stärke dieses Loblieds, es baut sich durch den Zug allmählich eine Phasenverschiebung auf: Vorne ist man bereits fertig, hinten klappt die Inbrunst nach. Ein junger Mann steht, flankiert von zwei großen Hunden, am Bürgersteig und gibt sich amüsiert – gute Show das.

Die Prozession passiert den großen Busparkplatz. Schon von weitem hört man lautes Lachen, auch Kreischen. Quelle dieser Vereinsfröhlichkeit ist eine Busladung gestandener Damen, auffallend beleibt.

Kellenhusens Tochter: „Was ist das denn?"

Kellenhusen: „Big-Mama-Selbsterfahrungsgruppe auf Ausflug."

Kellenhusens Tochter: „Verstehe."

Der liturgische Höhepunkt des Umzugs ist die Messe im Innenhof des barocken Schlosses, jetzt ein Gymnasium. Die erfahrenen Prozessionsgänger sehen der Wandlung mit gemischten Gefühlen entgegen. Man weiß, auch dieses Mal wird es sich die St.-Sebastians-Schützenbruderschaft nicht nehmen lassen, die Hingabeworte Jesu mit drei markerschütternden Böllerschüssen zu überhöhen. „Wenn ihr dieses tut, tut dies' zu meinem Gedächtnis" – drei Explosionen. „Jau, jau, euch Ballermänner gibt's auch noch." „Soll'n doch endlich diesen Kram lassen."

„Dies ist mein Blut, das für alle vergossen wird zur Vergebung der Sünden." Dreimal die Schützen. „Ist ja nicht zu fassen." „Die möcht' ich mal auf dem Balkan sehen."

Nach dem Ende des Gottesdienstes schreitet der Priester unter dem Baldachin mit der Monstranz durch die Menge. Er erblickt Kellenhusen, wendet sein Gesicht kurz von der Monstranz ab: „Haben Sie's gesehen?"

Kellenhusen nickt. Am Abend zuvor ist Borussia Dortmund Champions-League-Sieger geworden.

Einige Tage später trifft Kellenhusen seinen Bekannten wieder. Jetzt ist keine Prozession, und so ist dieser denn womöglich gesprächiger. Sie stehen vor der Post. Der Bekannte ist eingefleischter Westfale, also muss Kellenhusen beginnen:

„Na, wie isse Lage?"

„Ja wieso, siehsse doch."

„Tjä, und wat meinsse so dazu?"

„Wat soll ich chroß meinen. Hiä, kuck dia ma disse hiä an, die vonne Postmannschaft. Stehn da mit ihan aufgemotzten Kisten, drehn de Mussik laut, bis de Dokta kommt, haun zwischchenduach ab und komm' dann wie de Iddies wieda ancherast."

„Un watt machen die sons so?"

„Waiß ich nich. Soon Maul, aba kein'Aasch inne Hose. Un nur am Saufen."

„Wieso, nur am Saufen? Unne Polente?"

„Vergisset, de Polente. Waißet doch, wie et is mit den', komm' voabai, kucken doof un haun wieda ab."

„Schomma wat passiat?"

„Voa kuazem hammse sich hie= chekloppt. Da wa'n so'n paar Neubüaga dabai – weiß' Be-schaid?"

„Meinsse die ausm Osten?"

„Tjä, wat ich dia saache. Dat wiad imma schlimma mit den'. Hia kannsse nachts nich mea allain auffe Straße. Nua 'n bisken komisch kucken, ruck zuck is de Fresse dick."

„Un wie soll dat waitachehn?"

„Fraach mich wat anneret. Die hol'n de letzte Omma ausse Steppe, dann kriegense Kopfcheld un baun sich da echt de fettn Bunka hin. Hasse ma chesehn in Stainhausn da, aufm Russenhügel, da schnallsse echt ab."

„Die machen aba auch viel zusamm'."

„Ja, da chibt's so chanze Klänns, dat sinn so Baptistn, die knüppln da mit zehn zwanzich Mann auffe Baustelle rum un ruck zuck isse Bau fettich. Un dann kommt de nächsse dran. Dat könn' wia cha nich. Bei uns brottelsse mit'n paar Kumpels am Wochenende rum, zahl's deine sechs Prozent anne Bank, muss' ja auch noch abaitn, un irchenwann hasse deine Bude dann stehn. Un de Blachen von den', die kriechn allet hinten rain chesteckt un machen nur noch Schaiß. Waißt doch, wie et is."

„Die sinn aba doch nich alle so."

„Nee, richtich. Hiä zum Baispiel bei Feldmanns Willi anne Tanke, da is aina, der is echt flaißich un imma hilfsberait. Dem cheb ich auch schomma ne Maak. Aba unsere Politicka, die holense alle rain un wia hiä könn' dann kucken, wie wä klaakomm'".

„Viellaicht sind wa ja späta chanz froh, weil die wenichstens für Nachwuchs soagn. Klappt ja dann auch mit'm Fussball viellaicht ma wieda bessa."

„Jau, dat könnte ssain. Kea voa kuazm dat 1:5 chechen England. Mann, da hamse viellaicht ein' aufn Sack gekricht, dat se nua noch Spiegeleia chesehen habm. Kain Wunda. Viel zu viele Auslända inne Veraine, die Deutschn ham ja ga kaine Schangs mea, is doch klaa."

„Aba de Italiena ham auch viele Auslända inne Veraine, aba de Nationalmannschaft is trotzdem chuut."

„Kuck dia doch de Treener bei uns an, allet Pappköppe. De Staas wollen chestraichelt werden unte Verainsbosse sagn man imma schön ja und amen."

„Und, wat meinsse, wie dat waitachet?"

„Tjä, mach wat dran. Ssach ma, wat machs du eichentlich so, imma noch Lehara?"

„Jau."

„Mann, ich möchte dat nich machen. Wat man imma so höat. Hasse auch schomma ein' inne Schnauze chekricht?"

„Nee, noch nich. Aba wenn dat ma so weit kommt, dann tret' ich ausse Kiache aus."

„Wieso dat denn?"

„Mann, dann habbich mein' Chlaubm verloan."

„Ach so, jau, kann ich vastehn. Du ssach ma, is dat denn echt so schlimm?"

„Ich sach dia, inne Schule da musse als Pauka chanz chuut zu Fuß sain, sons bisse ʼne aame Sau.“

„Wie kommt dat denn? Mensch, wia ham doch früha auch Scheißʼ chemacht. Aba dann hasse vom Lehrer eine gelaatsch chekricht, und wenn dann unsa Vatta zu Hause wat davon mitchekricht hat, dann hat dea mia auch noch ma eins übers Fell chezogn, und denn warʼs chuut. Sinn wa deswechen denn heute alle Krückn?“

„Na ja, früha, da gabʼ s schon ʼn paar üble Aaschtrommler, dat waißte ja auch, dat cheet heute nich mea.“

„Jau, is klaa, aba heute isset chenau anners rum, da dürfense allet, is auch nich chuut.“

„Tjä, mach wat dran.“

„Äi, kuck ma da drübm, die Alte aufm Farrat, mein Lieba, da weisse auch nich, is dat der Aasch oda hat die Satteltaschen dran.“

„Hier kannze echt sagn: ʼFarrat im Aaschʼ.“

Sie amüsieren sich köstlich und verabschieden sich in bester Stimmung voneinander.

„Lassʼ dich ma wieda blickn, Lehara!“

„Jau, denn man tau un chutt choon!“

„Jau, allet klaa und imma ruhich durch de Hose atmen!“

Das Gespräch hat etwas Befreiendes.

Am nächsten Tag hat sich das Wetter verändert. Mit einer milden Luftströmung ziehen von Süden Regenwolken heran. Kellenhusen ist alles andere als ein Gewohnheitsspaziergänger, doch die Aussicht auf regenfeuchte Buchenwälder weckt in ihm eine Wanderlust. Er weiß genau, was das jetzt bedeutet.

Auf freiem Feld steht an einer Weggabelung eine einzelne Eiche mit einer gewaltigen Blätterkuppel, darunter ein uralter Gebetsstock. Maria ist ziemlich ausgeblichen. Hier stellt Kellenhusen sein Auto ab und macht sich auf den Weg. Er ist genau 6,7 Kilometer lang und hat die Form eines Rechtecks, das an seiner nördlichen Seite auf eine bestimmte Strecke hin von 35 Pflaumenbäumen gesäumt ist. Die Begegnung mit diesen Pflaumenbäumen nach 2,4 Kilometern glättet alle Zeitfaltungen. Die Spaziergänge mit den Eltern, eine Qual, und dann immer diese Bleylehose. Aber schließlich kam die Zeit, in der diese Pflaumenbäume von ihren Früchten gaben. Im Gras suchen, bücken, aufheben, essen.

Dieser Spaziergang, nach dem etwas aus größerer Tiefe verlangt, ist immer mit einem fernen Schmerz unterlegt. Die Jüngeren sind mit dem künstlichen Rauschen aufgewachsen, das aus einer Furche hochdringt, die sich längs durch das Spazierrechteck zieht. Die vor 1972 Geborenen kannten das Rauschen, das von den nahen und fernen Wäldern herrührte, nur das. Eines Tages stand dieses riesige Schild da: Hier baut für Sie die Bundesrepublik Deutschland … Das Rauschen der Wälder zog sich in die Erinnerung der rechtzeitig Geborenen zurück. Der Regionalflughafen in der Nähe trug seinen Teil dazu bei. Trotz allem, Kellenhusen zieht's immer wieder in diese Sprachbrache der Natur.

Zurück an der Eiche, bricht er auf, um in die Wälder des Almetals einzutauchen. Das macht er immer so, zum Ausgleich oder zur Ergänzung, das weiß er nicht so genau. In diesen Wäldern ist es still, wieder still. Von der Munitionsfabrikation im Krieg weiß er nur aus Erzählungen,

die verfallenen, dick mit Moos bewachsenen Produktions-
anlagen sind ein bleibender Eindruck vom ersten Ausflug
mit der Volksschulklasse her. Gelegentlich sollen jetzt die
Explosionen zu hören sein, die von der Anlage für Bom-
benentschärfung herrühren.

Immer noch führen Waschbrettbetonpisten, auf denen Reste grüner Tarnfarbe zu sehen sind, durch den
Wald. Hier und da sind diese Pisten notdürftig geflickt,
anderswo hat man konsequent erneuert und durch eine
saubere Asphaltdecke die Spur in die Gegenwart ge-
legt.

An ihm bekannter Stelle biegt Kellenhusen vom Wasch-
brettbeton ab und wandert in der Folge auf weichem
Waldboden. Eigentlich ist ihm die Luft zu warm, er
hat die feuchten Wälder lieber, wenn sie sich im frühen
März bei Sturm aus der Winterstarre schälen und sich in
schwärzlich nasser Rinde zu neuem Erblühen rüsten.

Ein Hund bellt. Ein Mensch scheint bei ihm zu sein.
Wenig später tauchen zwischen den Bäumen Herr und
Hund auf. Unschwer zu erkennen: Der Herr ist Förster,
begleitet von einem Münsterländer. Man kommt ins Ge-
spräch. Wie es denn so um den Wald bestellt sei, will
Kellenhusen wissen.

„Die Eichen machen uns Sorgen."

„Die Eichen?"

„Ja, viele wundert das, aber sie vergessen, dass die Eichen
häufig auch sehr alte Bäume sind. Das, was ihre Stärke
ist, macht sie jetzt anfällig."

„Sie meinen, ein alter Mensch hält eben auch nicht mehr
so viel aus?"

„Ja. Ich staune eigentlich mehr darüber, wieviele verhältnismäßig junge Bäume angegriffen sind, die Nadelbäume etwa.“

„Aber die Tanne da vorn mit ihren vielen Zapfen, die sieht doch recht gut aus.“

„Sie wird bald sterben. Kurz vor ihrem Tod hat sie noch einmal all ihre Kraft gesammelt und im Übermaß produziert.“

Kellenhusen muss plötzlich daran denken, dass er morgen, am Sonntag, im Zug nach Süden sitzen wird. Der Beruf verlangt es so.

Kellenhusen im ICE nach München, sonntags.

Zeit für die Ermordung der Zeit:

Erwartungen und Möglichkeiten. Sprachgetrommel, noch einmal alle Kräfte sammeln. Wie oft noch?

Reiner Kunze, Die wunderbaren Jahre, hier: *Fünfzehn*

Tochter (15): „Und warum bauen die (Spinnen) ihre Nester gerade unter meinem Bett?“

Vater: „Dort werden sie nicht oft gestört.“

Kellenhusen: Direkter mag der Vater nicht werden. Also: Die Ironie als Ausgleich zwischen autoritären und resignativen Regungen beim Vater ist die alles tragende Säule in der verzweigten Architektur dieser Vater-Tochter-Beziehung. Ein besonderer Aspekt.

Vater über die Lautstärke der von der Tochter gehörten Musik: „Ich weiß, diese Lautstärke bedeutet für sie Lustgewinn.“

Kellenhusen: Das Wissen des Vaters beruht auf bedachter Überlegung – somit ein vollständiger Satz.

Vater: „Teilbefriedigung ihres Bedürfnisses nach Protest. Überschallverdrängung unangenehmer logischer Schlüsse.“

Kellenhusen: Die Anverwandlung an den Zustand der Tochter bedeutet für den Vater auch Verzicht auf die ihm gewohnten und wichtigen gedanklichen Ordnungen – somit unvollständige Sätze.

Vater: „Trance."

Kellenhusen: Das Bestreben der Tochter geht hin zu einem gedankenfreien Zustand – somit: Ein Wort ist ein Satz. Keinerlei Struktur.

Mit Blick auf die Schüler: Hut ab, wenn einer drauf kommt. Mit Blick auf sich: Was mache ich hier nur?

Achte Bilderreihe

Irland

3 Uhr nachts. Es regnet. Kellenhusen nähert sich Brüssel. Belgien leistet sich den Luxus, sein gesamtes Autobahnnetz nachts mit endlosen Reihen von Peitschenlaternen zu beleuchten. Viele dieser Laternen sind ausgefallen, das Bild eines extrem fehlerhaften Gebisses drängt sich auf. Kellenhusen versteht die Belgier nicht.

Calais. Er mag nicht durch den Tunnel, also mit P&O nach Dover.

Dover – Pembroke, das zieht sich. Die Zeiten, in denen die Engländer aus Sorge um ihre vollgasempfindlichen Motoren moderat taten, sind längst vorbei. Kellenhusen verordnet sich die Hälfte der technisch möglichen Höchstgeschwindigkeit und reist damit weitgehend gesetzeskonform. Der Honda betreibt lediglich Lockerungsübungen.

Von Pembroke nach Rosslare, wieder mit P&O.
    Rosslare, Limerick, Galway, das muss er jetzt noch packen, dann herrscht fürs erste Ruh'.

Kellenhusen wohnt bei Rita und Finbar. Er kennt sie von einem lang zurückliegenden deutsch-irischen Jugendaustausch her. Rita erfüllt mit ihrem Aussehen das Irlandklischee, Finbar erinnert sehr an Donovan. Finbar kann mit seinem Gesang immer noch alles um sich herum in andächtiges Schweigen versetzen. Der jüngste Sohn habe die Stimme des Vaters geerbt und sei überhaupt künstlerisch stark veranlagt. Möglicherweise folge er sogar seinem Täufer nach, der Priester, Philosoph und Dichter sei, fast ein moderner Druide. Kellenhusen wird hellhörig. Es handle sich bei dem Priester nicht zufällig um John O'Leary? Rita und Finbar schauen sich überrascht an und brechen dann in schallendes Gelächter aus. Doch, genau um den handle es sich. Woher O'Leary ihm denn bekannt sei? Ein guter Freund habe sich für eine Ferienreise inspirieren lassen wollen und sich im deutschen Fernsehen den Beitrag 'Irlands einsamer Westen' angesehen. In diesem Beitrag sei O'Leary zu Wort gekommen. Nach den ersten Sätzen O'Leary's habe der Freund ahnungsvoll den Aufnahmeknopf des Videogeräts gedrückt. Er, Kellenhusen, habe das Band dann erhalten, und in der Tat, einiges von dem, was O'Leary gesagt habe, habe ihn richtiggehend elektrisiert. Die beiden Iren nicken gewichtig, ihr Blick hat etwas Bedeutungsvolles. Rita bietet sich sofort an, ein Treffen mit O'Leary zu arrangieren, was üblicherweise nicht einfach sei. Es gebe da schon fast so eine Art Fantourismus. Sie glaube aber, dass er, Kellenhusen, für O'Leary durchaus ein Gewinn sein könne.

Sie treffen sich in Roundstone, im King's Pub. Basis: zwei Guinness. O'Leary spricht sehr gut Deutsch, sauberes Goethe-Institut-Deutsch – auf unverkennbar britische Weise. Er hat in Deutschland über Hegel promoviert. Er habe von der Beschäftigung mit Hegel eine Ergänzung seiner mystischen Regungen erwartet und erhalten.

JOL: „Die Zeit ist reif für die Mystik. Die Kirche beschäftigt sich leider nur mit Kleinigkeiten und beschränkt sich auf die Moral. Sie soll das jetzt für eine Zeit lassen. Sie hat sich vom Herzen des Christentums entfernt, sie sollte aber wieder tiefer zur Quelle ihrer Botschaft vordringen."

KEL: „Das ist es, warum ich nach Irland gekommen bin. Ich versuche, zu den Quellen meines Vorhandenseins vorzustoßen. Zu den Quellen aber gelangst du nur gegen den Strom. Der Strom der Missionierung weiter Teile Europas nahm seinen Ausgang von Irland, von außerhalb des Kontinents. Wo, wenn nicht in Irland, kann ich zur Klarheit kommen über das, was ich tue, über das, was ich tun kann, aber noch nicht getan habe? Hier bei euch Iren. Ihr liegt ganz am Rande Europas, lebt auf einer Insel, gehört nicht zu Großbritannien, ja, gehört ihr überhaupt zu Europa?"

JOL: „Das stimmt, eigentlich gehören wir auch nicht zu Europa. Schon seit Millionen von Jahren spielt das Meer mit unserer Insel, und diese Musik des Meeres hat irgendwie das Bewusstsein der Iren bestimmt.

Die großen Wellen kämmen die Küste.
Milliarden von Momenten wachsen allmählich
Ohne Rückkehr
In den Tod hinein,

das ungefähr ist die Bewegung in der Seele der Iren. Irland ist eine große Insel, aber klein genug, dass wir das Meer überall auf der Insel spüren."

KEL: „Dann müsste das Meer Eingang gefunden haben

in eure Mythenwelt, in eure Religiosität. Dann muss euer Katholizismus ein besonderer sein, einer, der neben sich eine viel ältere Spiritualität duldet. Ist er gar offen für Ergänzung? Oder euer Katholizismus ist orthodox verhärtet und hat sich vom Fleisch gewordenen Wort entfernt."

JOL lächelt, erweckt den Eindruck, als wolle er etwas bekennen, wartet mit der Antwort. Dann sammelt er sich ganz bewusst und spricht mit eindringlich leuchtenden Augen sowie einer etwas weicheren, deutlich modulierenden Stimme bei prägnanter hervortretendem britischen R und betont gehauchtem H:

„Das Wasser ist für uns Sinnbild der Ewigkeit. In mir ist seit einigen Jahren das Bewusstsein hochgekommen, dass das Meer eine Göttin ist. Und wenn ich vor das Meer trete, beuge ich mich immer hinunter aus Respekt vor dem Meer. Ich glaube, es ist sehr natürlich, dass wir nicht nur an einen monopolistischen Gott glauben, sondern dass unser Gottesbegriff eine Vielfalt hat. Und ich finde, dass in mir in den letzten Jahren eine sog. heidnische Seite wach geworden ist, und ich finde das überhaupt nicht problematisch. Dabei ist es sehr interessant, dass sich mir die verschiedenen Schichten der Seele bekannt machen."

KEL: „Du bist Priester, bei aller spürbaren Distanz zur Amtskirche: ein katholischer Priester. Eine rein christlich-katholische Spiritualität dürfte nicht genügend Raum bieten für das, was du über deine Seele, über deine kreative Seele gesagt hast."

JOL: „Als Priester muss ich meinen Iren mit ihrer uralten Spiritualität möglichst nahe sein. Wie spüren hier in Irland immer noch den uralten Bezug zum Unsichtbaren und Unendlichen. Als Dichter und Priester arbeite ich mit dem Wort. Ich muss die Sprache der Gefühle und des Tuns mit der geistlichen Sprache verbinden. Da ergibt sich natürlich ein Widerspruch. Aber mit der geistlichsten oder spirituellsten Kraft des Menschen, der Phantasie und der Imagination, trage ich diesen Widerspruch und lebe von der Kraft dieses Widerspruchs. Ich mag es, wenn ich einen Widerspruch entdecke. Vielleicht bin ich da sehr von Hegel beeinflusst. Aber es ist letztlich das Herz des Christentums, das in meiner Sprache, in meinem Sprechen schlägt: Das Wort ist Fleisch geworden."

KEL: „John O'Leary, vielleicht kann ich dir meine kontinentale, mitteleuropäische, deutsche Seele anvertrauen. Schließlich dürfte dir von Hegel her das im besten Sinne 'Spekulative', das Spiegelhafte deutschen Geistes vertraut sein – vielleicht auch das abgründig Romantische der deutschen Seele."

O'Leary lehnt sich zurück, den Kopf ein wenig nach links geneigt, Mittelfinger der linken Hand hinter dem linken Ohr, Ringfinger auf den Lippen, Daumen unter dem Kinn, und er hört den anderen bewegt von Skandinavien erzählen.

„Ich bin mir wirklich nicht sicher", schließt dieser ab, „ob sich nur erwiesen hat, dass ich ein Spinner bin, oder ob ich da etwas erfasst habe, was sich, wie heißt es so unschön?, nur schlecht 'nachvollziehen' lässt."

JOL: „Ich bin überzeugt, dass die Seele das Gespräch mit der Landschaft, mit dem Himmel, mit dem Meer sucht. Du musst denken, die Landschaft, in der du geboren bist, ist die erste Präsenz, die in einen eindringt. Sie wird zu einer innerlichen Landschaft, zu einem intimen

Ort. Deswegen kann dir jede Landschaft ein geistiger Ort sein. Und du musst dich nicht sorgen, falls dir, wie hast du gesagt? – 'die Sprache ausgeht', wenn du eine solche Landschaft beschreiben willst. Schau, Connemara. Connemara ist eine Welt in sich, ist nicht zu beschreiben. Man findet keine Sprache für die Präsenz dieser Landschaft."

KEL: „Ich habe übrigens immer gedacht, dass diese Landschaften, die mich so tief berühren, der Ort seien, an denen ich am liebsten leben möchte. Solcherlei Wünsche stellen sich aber nicht ein. Das macht mich etwas ratlos. Ich habe allerdings auch schon daran gedacht, dass ich vielleicht etwas erfasst habe, aber noch nicht reif bin für die – tja, für die ganze Wahrheit."

JOL: „Ich glaube, ich verstehe, was du meinst. Sieh einmal, viele Leute kommen nach Connemara und wollen hier leben. Und nach einem halben Jahr gehen sie wieder, weil sie es nicht aushalten. Diese Landschaft ist nicht zu domestizieren. Diese Landschaft ist eine geistige Landschaft. Man kann die Einsamkeit hier nur aushalten, wenn die Seele weiß, wo es langgeht. Wenn die Seele es weiß, vertraust du, und dann kann dir nichts Schlimmes in dieser Landschaft passieren. Was dir an Gutem in dieser Landschaft passieren kann, das wird dir auch passieren. Die Seele kennt nämlich schon die Geographie des eigenen Schicksals."

KEL: „Ich greife diesen Gedanken jetzt frei auf und sage: Träume enthalten das Angebot der Seele, sie kennenzulernen."

JOL: „Wie kommst du darauf?"

KEL: „Ich glaube, wir reden, ohne es ausdrücklich gesagt zu haben, die ganze Zeit schon über den höchst begrenzten Wert dessen, was wir gemeinhin als Logik bezeichnen."

JOL: „Wir reden zumindest nicht über die sichtbare Logik."

KEL: „Wie wir das, was man dann als unsichtbare Logik bezeichnen müsste, auch immer nennen sollten: Vertrauen auf die Seele heißt: Übersteigen der Logik, die der Intellekt benötigt. Können wir uns so verständigen?"

JOL: „Wenn du anerkennen kannst, dass jede Art von Wachstum die unsichtbare Logik des Seins ist, dann geht es weiter."

KEL: „Das kann ich nicht nur anerkennen, es befreit mich sogar von einem tief sitzenden Zweifel, und das macht mich glücklich. Das macht mich aber auch mutig, denn dann sage ich jetzt auch: Erinnerung ist eine Art des Wachstums."

JOL: „Du gehst erstaunlich weit..."

KEL: „Lass mich das erklären. Erinnern, der Römer sagt: re-cordari, re-minisci; der Grieche sagt: ana-mimnésko. 'Re' bedeutet dem Römer 'zurück' und 'wieder'; 'ana' bedeutet dem Griechen 'wieder' und 'hinauf'. Die Romanen heute lehnen sich an die Römer an, und auch im Englischen geht's über 're-member' und 're-mind'. 'Zurück' und 'wieder' sind offenbar Grundweisen der Erinnerung. Das deutet auch auf den Menschen als Klangkörper hin – auf ihn als Person, personare: hindurchklingen. Herz – 'cor' in 'recordari' – und Geist – 'mind' in 'remind' – sind beteiligt. Hör dir unter solchen Voraussetzungen eine Bach-Fuge an! Dein Inneres wird bereichert, du erinnerst, Erinnerung ist Ergänzung, zum Ganzen strebend, Erinnern ist: Wachstum."

JOL: „Ich bin sehr erstaunt, aber mit Bach auf deiner Seite kann ich nicht anders als dir zuzustimmen. Wenn du aber in dieser Weise das Logische – wie hast du gesagt...?"

KEL: „... übersteigen..."

JOL: „... gut, übersteigst, dann bedeuten dir auch Zeitgrenzen nicht viel."

Kellenhusen ist überrascht: „ Das stimmt allerdings", und er erzählt ihm von Dresden und wie er die Bündelung der Imaginationskräfte erlebt hat.

JOL: „Du kannst die Geschichte einer Landschaft, eines Ortes über Jahrhunderte in Erinnerung rufen, du hast sie immer bei dir. Hier in Westirland gibt es viele Ruinen von Häusern. Aber du spürst den Geist der Menschen, die hier gelebt haben, jederzeit. Wundere dich nicht, wenn ein Ire das verfallene Haus seiner Vorfahren nicht abreißt! Der Gedankenrhythmus eines solchen Ortes bleibt erhalten, auch als Nachfahre spürst du ihn, und er wirkt in dir."

KEL: „Was ist das, wenn es nicht Sentimentalität ist?"

JOL: „ Ich glaube, in Deutsch bedeutet 'Sentimentalität' so etwas wie 'unechtes Gefühl'. Das ist es hier nicht! Mein Vater z.B., er hatte eine sehr schöne Art zu denken, einen sehr schönen Weg, wie man in Englisch sagt. Er konnte das Unendliche in das Normale einbringen. Er machte das über seine Art des Gebets. Diese Gebete, eine Art des rhythmischen Sprechens, sprach er häufig bei der Feldarbeit."

KEL: „Ja, das scheint wirklich zu gehen", und sein Blick verliert sich etwas.

JOL: „Und er arbeitete auf dem Feld, auf dem schon sein Vater und sein Großvater gearbeitet hatten. Das war ihm immer tief bewusst. Wenn er dann betete, dann sprach er auch mit seinen Vorfahren."

Sie nehmen kräftig vom Guinness, schauen sich zufrieden an, wie beim Erreichen eines Berggipfels nach hartem Anstieg. Kellenhusen wischt sich den Schaum von den Lippen: „Meinst du nicht, dass wir beim Beten, sofern es sich in der Sprache vollzieht, im Grenzbereich der Sprache sind?"

JOL: „Du erstaunst mich schon wieder." Er lacht: „Ich beschäftige mich derzeit sehr mit Wittgenstein. Du weißt: 'Die Grenzen meiner Sprache sind die Grenzen meiner Welt.' Was wir denken können, hat eine Entsprechung im Sein, unabhängig davon, ob wir es in unserer Sprache ausdrücken können oder nicht."

KEL: „Eben, schließlich haben wir ja auch die Kunst."

JOL: „Welche Kunst meinst du, die sprachliche Kunst?"

KEL: „Die meine ich auch, aber am allerwenigsten."

JOL: „Ich verstehe. Man sollte eigentlich bei jedem Wort, das man sprechen will, überlegen, ob es wirklich gesprochen werden muss. Ich meine, in der Sprache liegt eine Tendenz, sich selbst in letzter Konsequenz überflüssig zu machen."

KEL: „ Wir haben ja das Waldsterben. Ein sehr deutsches Wort und auch eine sehr deutsche Sache. Man kann beobachten, dass z.B. Tannen, bevor sie endgültig absterben, noch einmal alle Kräfte sammeln und außerordentlich viele Tannenzapfen produzieren. Das heißt für die Sprache: Bevor sie überflüssig wird, also abstirbt, produziert sie sich noch einmal in allen Facetten der Geschwätzigkeit."

JOL: „Oder man macht es wie der gute Gärtner und

schneidet das Wuchernde zurück, um der Pflanze ein Überleben zu ermöglichen."

KEL: „Du meinst also, dass sich die Sprache nur im Schweigen erneuern kann, denn es kann ja nicht darum gehen, die Sprache endgültig hinter sich zu lassen, sie, albern formuliert, abzuschaffen."

JOL: „Das wirklich Wichtige braucht nicht viele Worte, aber es ist ein langer sprachlicher Weg, bis man zum Wichtigen durchgedrungen ist. Deswegen müssen wir, du als Lehrer, ich als Priester, manchmal viel reden."

KEL: „Leider."
Sie saugen lange am Guinness.

KEL: „Wenn ich die Sinne, die mir gegeben sind, nutze, dann ist eigentlich alles da, die Vergleiche, die Bilder, die Einsichten. Ich brauche dann die Sprache nicht mehr, um etwas zu sagen, sondern die Sprache sind die Bilder um mich herum, durch die ich begreife. Stefan Mallarmé: Das beste Gedicht ist eines ohne Worte, bestehend aus lauter Weiß. Mallarmé war Lehrer, unglücklich in seinem Beruf."

JOL: „ Als Priester sage ich dir, dass du eine Pflicht hast. Aus deiner besonderen Gabe zu erkennen ergibt sich die Pflicht, denen zu helfen, welche die Erkenntnis noch nicht haben. Du sollst nicht missionieren. Du hast das Gespür für die, welche deine Hilfe brauchen, und denen musst du helfen – mit deiner ganz eigenen Sprache. Und ich, ich möchte auch mal wieder mit dir sprechen. Aber jetzt muss ich gehen, vielleicht kann ich jemandem helfen."

Es bleibt noch so viel Verabschiedung, dass sie gemeinsam ihrem Guinness auf den Grund kommen.

Aber es stimmt: Kellenhusen war gesagt worden, O'Leary's Art sei es, plötzlich zu erscheinen und ebenso plötzlich auch wieder zu verschwinden. Sei's drum. Noch ein Guinness.

Am nächsten Tag fährt Kellenhusen nach Ballyconneely und von dort aus Richtung Nordwest bis unmittelbar ans Meer. Der Atlantik brandet an die irische Küste. Dort, schaumgeboren, die Frage: Was heißt eigentlich *reden*, was heißt eigentlich *sprechen*?

Nach der Rückkehr aus Irland schaut er in einem etymologischen Lexikon nach. Er liest u.a.: *reden, angelsächsisch „redia" = Rechenschaft; eng verwandt im germanischen Sprachbereich die Sippe von „raten" (urspr. „(sich) etwas geistig zurechtlegen, überlegen, aussinnen").* Aussinnen? Also aus-sinnen? Sieh da!

Er liest außerdem u.a.: *sprechen, altisländisch/schwedisch spraka „knistern, prasseln"; „sprechen" war urspr. vielleicht ein lautmalendes Wort.*

Wusst' ich's doch, immer dieser Lärm!

Neunte Bilderreihe

Saarkala

Kellenhusen ist nicht mehr Lehrer. Er hat sich sehr spezialisiert. Dazu musste er seinen Besitz radikal entrümpeln. Behalten hat er den Flügel, den DS und ungefähr zweihundert Bücher. Schulbücher, Dramen, Fachlexika und wissenschaftliche Literatur sind den unterschiedlichsten Arten der Verwertung zugeführt worden.

Kellenhusens Frau hat das Hotel Mama geschlossen. Sie lebt mit ihrem Kellenhusen in einem alten Herrensitz oberhalb des Pielinensees, der jahrelang leergestanden hat. Saarkala. Sie malt Ikonen und verkauft sie.

Er, Kellenhusen, hat sich zum ersten Mal in seinem Leben einen Fotoapparat gekauft – um Vokabeln zu suchen und zu lernen, wie er zu verstehen gegeben hat. Zu den Fotos schreibt er Übersetzungen.

Zum Sprechenlernen fährt er häufig mit seinem DS durch Lappland. 100 reichen, die Geschwindigkeitsbegrenzung in Skandinavien nimmt er gar nicht wahr.

Ganz still steht er vor dem Nammatj. Dieser Berg ist den Samen heilig. Er steht mitten im Laitaure-Delta, und es geht Kellenhusen, ehemals katholisch, durch und durch. Was muss dieses Volk einen Blick haben, dass es in diesem Berg sein Göttliches erfährt!

In Staloluokta siedeln einige Lappen. Am Rande ihrer Siedlung scheint der obere Teil eines Eis aus dem Boden zu ragen, mit Erdsoden bedeckt, rundherum ein Fensterkranz, auf der Spitze ein Kreuz aus Birkenholz. Während eines Gottesdienstes in dieser Kapelle hört Kellenhusen zum ersten Mal das Juoiken der Samen, den Gesang ihrer Schamanen. Aber auch die gemeinen Samen juoiken, wenn sie sich des Einsseins mit der Natur und der in ihr waltenden übernatürlichen Wesen inne sind. Früher hätte Kellenhusen gesagt: sehr fremd, aber interessant. Welch eine Lüge! Jetzt spürt er, dass er schrecklich abgelenkt war.

Im Blick vom Ounastunturi herab erlebt Kellenhusen, was es bedeutet, wenn sich eine Landschaft im Unbestimmbaren verliert und sich mit dem Himmel vereint.

Aber Kellenhusen ist auch noch von dieser Welt. Und so nimmt er in den Sommermonaten gerne die Einladungen seines Freundes von der Reederei an. Zwischen Loire, Elbe und Wolga spricht er auf den Schiffen in Bild und Text. Seine Frau ist immer dabei.

Der Freund hat sich auf die besondere Vortragsart Kellenhusens eingestellt, er versteht ihn mittlerweile recht gut. Kellenhusen ist bei guter Gesundheit. Nach einem Schlaganfall hat er seine Sprache verloren.